男たちの晩節

松本清張

角川文庫
14547

目次

いきものの殻　五
筆写　二九
遺墨　九七
延命の負債　一一九
空白の意匠　一四一
背広服の変死者　二一九
駅路　二四五
解説　郷原宏　二七九
年譜　二八六

いきものの殻

タクシーは、門を入って、しばらく砂利道を徐行した。片側の斜面に紅葉が見える。前栽にも、紅葉がある。その蔭《かげ》から、玄関に立看板のように出された「R物産株式会社社人会会場」の貼紙が見えてきた。

白服のボーイが二人、大股《おおまた》で寄ってきて出迎えた。溜り場《たまりば》には自家用車が夥《おびただ》しくならんでいた。波津《なみづ》良太は、タクシーの運転手に賃金を払って下りるのが恥しくなった。正面に設けられた受付の席から、係が五、六人、波津の方を見ている。

波津は、弱味を見せない足どりで、受付の前に行った。若い人ばかりで、波津が知っている顔は一つも無い。

「どちら様ですか？」

立派な洋服を着た青年が、丁寧《ていねい》に訊《き》いた。向うでも波津の顔を識《し》っていない。

波津は、黙ってポケットから招待状を出した。係は、その葉書と、拡げた名簿とを俯《うつむ》いて照合した。傍《そば》の男が、一緒に首を伸ばして、覗《のぞ》き込んでいる。

「波津良太さま」

受付の男は、名簿の頭に鉛筆でチェックして、番号の付いた札をくれた。

「ご苦労さまでございます。お帰りにこれをお出し下さると、お土産《みやげ》をさし上げます」

波津は黙って、その札をポケットに入れた。もはや、波津良太が、この会社で三十年を過し、最後が総務部長であった経歴を、ここにならんでいる社員たちは誰一人として知る者がない。

「どうぞ」

ボーイが掌で玄関の奥を指した。別に、先に立って案内するわけではない。波津はひとりで歩いた。靴のままでいい。突き抜けると、この料亭自慢の、広大な庭園に出るのであった。

明治の元勲《げんくん》の邸宅跡が、この料亭になっていた。一万坪以上の庭は、そのままに保存されている。丘は起伏をくり返して斜面に落ちている。藪《やぶ》もあれば、川もある。古い五重塔や、由緒《ゆいしょ》のある茶室も、途中に在《あ》った。芝生は黄ばみ、木立ちに紅葉があった。空が広い。

会員は、もう百人以上は来ていた。庭に設けられた白い布の卓に集まっている。やき鳥、おでん、すし、バーベキュの店が散っていた。ここまで来ると、波津の耳には、多勢の声が唸《うな》りになっていちどきに聞えた。立っている集団、歩いている集団。秋の陽《ひ》に、白髪《しらが》と褐色の頭とが輝いていた。

中央の卓に、ずっと若い一群れがあった。社長と、役員の席であった。社長は、退職した社員で結成されているこの「社人会」の会長を兼ねている。社長は、みなにとりまかれて、葉巻を指で支えながらおだやかに話している。会は、まだ始っていない。

波津良太は、一年に一度のこの総会に出てくるのを一つの愉《たの》しみにしている。それは、旧先輩や、旧同僚や、旧部下の顔を見るといった単純なたのしみではない。一年ごとに来ると、会員の幾人かは、必ず欠けていた。みんな停年後の老人ばかりだから、死亡者が必ずある。それを知るのがひそかな愉しみであった。自分だけは、もっと生きられると思っている。死亡者を知ることで、生き残っている自分の勝ちを確かめられそうであった。

もう一つの愉しみは、新入会員のふえることだった。これは会員の数が賑《にぎ》やかになったからという意味ではない。活発に働いていた現役の連中が、自分たちの仲間に加わったという安心である。いわば落伍者《らくごしゃ》の群れが、新しい仲間を迎えた安堵《あんど》に似ていた。

いまも、波津良太は、あとから会場に入って来て、参会者一同の姿を眺め渡した。いつもの顔ぶればかりである。やはり現役時代、部や課が違って、親しくない顔は多いが、この会に入ってから馴染《なじ》んだ人間ばかりである。今年の死亡者は誰だか、まだ分らない。新入会員の顔も、まだ見えない。波津は、ふと、旧《ふる》い自分の部に居た連中がかたまっている卓を見つけ、そちらへ歩き出した。

「やあ、波津さん」

波津良太を見つけて、小石泰一が声をかけた。

「遅かったですな」

波津は笑いながら、うなずいた。「遅れた」

小石は波津の下で次長をしていた。硬い毛が、そのまま白くなって、白髪が揃《そろ》って立っている。

「よう」

「よう、しばらく」

しばらく首を動かして挨拶《あいさつ》が交された。この卓を囲んでいる者は波津の部の者ばかりだった。先輩も後輩も居た。

「波津さん、お元気そうですね。前より若くなった」

小石が波津の顔を見て言った。若い筈《はず》はない。家に引っ込んでから屈託の多いことだった。今日も、ここに来る前に鏡を覗《のぞ》いていた。

ハイボールのコップを抱え、オードブルをつまみながら、皆は話していた。誰もが大きな声を出していた。孫の話をはじめて制《と》められた者がいる。老人たちは、若いときの思い出に話題をむけたがっていた。

波津の眼が、何気なしに向うの席に居る一人の人物の横顔を捕えた。人と人の間に挟《はさ》まって、見えかくれするが、あっと思った。佐久間喜介に違いなかった。頭が禿《は》げ上って、髪が薄くなっている以外、前とは少しも変っていない。高い背も、黒縁の眼鏡《めがね》も、昔のままであった。

「佐久間が」

と波津は、横の小石に小さな声で訊《き》いた。

「来ているが、あいつは停年になったのかね？」

小石は、眼をあげて、佐久間の居る卓の方を見た。

「そうなんです。今年の三月ですよ。重役になる噂《うわさ》がありましたが、やはり業務局長が最後でしたね」

小石は、波津と佐久間の関係を知っているので、佐久間について冷たい答え方をした。

そうか、あいつも停年か、と波津は思った。すこし意外であった。佐久間喜介は、なかなかやっているという噂は前から聴いていた。業務局長として華々しい彼の活動が、折にふれ耳に入っていた。いや、それはつとめて波津の方から聴きたがっていた。それだけの意識を、停年後の波津は佐久間喜介に持ちつづけていた。

佐久間喜介は、波津よりも六つ年下であった。しかし、在社中は、波津は絶えず佐久間喜介の存在に脅かされた。後輩だった佐久間は、ぐんぐん波津の地位に逼《せま》ってきた。佐久間の実力を知っているだけに、波津は、彼に恐怖と敵意をもっていた。そのいちばんの現れが総務部長の椅子《いす》の争いだった。そのころの波津は、夜も睡《ねむ》れぬくらいに煩悶《はんもん》したものである。

総務部長の椅子の争いには、波津もやっと勝ったものの、それが何となくしこりとなって佐久間との間は険悪になった。顔を合わせて口を利かないというほどでもなかったが、互いが避けるようにした。この二人を、意識的にもっと離したのは、とり巻きのグループであった。が、このときも波津の敵意を煽《あお》ったのは、佐久間に味方の多いことだった。実力だけのことでなく、停年近い波津よりも、六つ若い佐久間に連中が賭《か》けるのは人情であった。

波津が停年を迎え、退社してからの佐久間喜介の活躍は目覚《めざま》しかった。彼は、すぐ総務部長になり、業務局長となった。この地位は伝統のあるR物産の機能の中枢に当った。佐久間はその椅子に就《つ》いたのみならず、頭の切れる男として社の内外に認められた。あの男なら、それくらいやるだろうと波津自身も認めないわけにはゆかなかった。しかし出世した佐久間喜介が、総務部長に敗れた過去を、今ごろ、あざ嗤《わら》っているかと思うと、波津はいい気持がしなかった。

その後の佐久間喜介の様子を、波津は注意深く見戍《みまも》って来たといえる。社の人間に遇《あ》うと、さり気なく聞き出すようにした。佐久間業務局長の評判はいい。重役になるだろうとの噂《うわさ》もそのときに聴いた。

その佐久間の顔を、波津は、突然、この「社人会」の席で見たのである。思いなしか、佐久間の表情には、波津が知っているような元気が失われているようであった。眼鏡《めがね》のふちに指を当て、顎《あご》を反らせて笑うのは以前のままだったが、こちらの考えで見ているせいか、精彩が無い。波津は心が安らいだ。

「佐久間さんは、広田君のため役員に敗れたのですよ」

小石泰一は低い声で波津に教えた。

「なにしろ、広田君は専務のヒキを受けておりますからね」

広田というのは、波津とは部が異っているが、三期も四期も後輩であった。部を異《こと》にしているので、それは波津に安堵《あんど》を与えた。無縁の男が出世したところで、こちらに動揺はない。むしろ、佐久間を破ったことで広田を讃《ほ》めてやりたいくらいだった。

佐久間の方を見ると、彼は、どうやら波津がここに居るのを知っているらしい。それでこっちの方にはやって来ないのだ。波津にはそう思えた。今度は佐久間の方が、波津に負《ひ》け目《め》をもっている。あれほど、ばりばりと活躍した男が、今は老いた落伍者《らくごしゃ》の群れの中に墜《お》ちて来たのだ。自負心の強い佐久間だけに、波津に正面から会うのを嫌《いや》がっている。

波津は、なんとなく愉快になって、脚を移しかけた。先輩の一人が来て、彼の横腹をついた。不遇な先輩は酔っていた。

そのとき、拍手が起った。

見ると、中央の卓で社長の挨拶《あいさつ》が始まるところだった。社長はまだ若い。彼はいつものように祝辞を述べ始めた。毎年のことで変り栄えしない内容だった。要するに、「社人会」がわが社の先輩で結成されているのであり、それは伝統あるわが社の精神的な支えになっている、というようなものであった。

社長の話の間、皆は酒を飲むのを中止し、口を動かすのを止めて、神妙に聴いていた。

その後で専務が挨拶をした。これは社の代表格といった言葉で、いつものことだがやはりお座なりであった。

停年で辞めた社員達の会合に社長も専務も期待することは何も無いのである。この二人の祝辞の表情も格別熱心ではなかった。明らかに老人の集まりの席に義理に顔を出して、祝辞というより慰安の言葉を述べているだけだった。

その後で、でっぷりと太った男が皆の拍手に迎えられて挨拶した。これは役員ではない。まだ髪も黒かったし、誰よりも顔に活気があった。新聞によく見る顔である。

元のこの社の社員で、途中から政治家に可愛がられて近づき、代議士となり、大臣を二、三度やり、今は保守党の有力者の一人であった。

波津は、当代の名士の顔を眺めた。彼にはなんら感慨がない。彼とは部署も違うし、先方は早くから社をやめていた。ただ、自分と同じ社員がそこまでになったのか、という気持しかない。余りに距離が違い過ぎていた。

その政治家の挨拶を最後として、専務の音頭取りで乾杯が行われ、社の万歳が三唱された。

再び参会者の群れは勝手な行動に乱れた。話声は前よりはもっと高くなった。人声も大きい。芝生の上に設けられた会場は、老人達の歩き廻《まわ》る動きでひどく活潑《かっぱつ》に見えた。社旗が万国旗のように頭の上を交叉《こうさ》している。

波津は佐久間の姿を探そうとしたが、もう見えなかった。どこかの群れの中に入ったらしく、彼の居た所にはまた別な人間が集まっていた。佐久間の方で波津を避けて逃げたのは確実である。波津はこれだけでも今日ここに来た甲斐《かい》があると思った。横で声がした。

「部長」

と二度目に呼んで近づく男がいた。胸にリボンが下り、「経理部長」という字が書かれてあった。

「やあ」

波津は振り向いて言った。淵上欣一《ふちがみきんいち》というかつての部下だった。まだ波津が総務部長をしていた頃、主任クラスだったのだ。

「お元気で結構でございます。御無沙汰《ごぶさた》しております」

淵上は満面で嬉《うれ》しそうに笑っていた。

波津の眼は自然に相手のリボンに止った。

「ほう。君は経理部長になったのか？」

波津は眼を丸くした。口をすぼめて愕《おどろ》いて見せた。

「はあ、お蔭《かげ》さまで」

淵上はお辞儀をした。昔から愛想のよい男だったが、今もそれに変りはない。ただ、齢《とし》取っただけにやはり貫禄めいたものが淵上の身体についていた。

「おめでとう」

波津は背をかがめている淵上の肩を叩《たた》いた。

かつては波津は淵上などを歯牙《しが》にもかけていなかった。主任といっても部長の彼から見ると殆《ほとん》ど平部員と同じであった。その淵上が経理部長になる。やはり歳月をここでも感じずにはおられなかった。

波津は主任だった淵上を何度も叱《しか》ったことがある。当時は、波津は部員から懼《おそ》れられたものであった。この淵上も波津にはいつもおどおどした眼を向けていた。一度など彼が出した報告書を波津は癇癪《かんしゃく》を起して引き裂いたことがあった。その時の淵上の蒼《あお》くなって首をうな垂れた場面が、波津の眼にはまだ残っている。波津は淵上を見て言った。

「淵上君、いよいよ君達の時代になったね」

それは思わず出た波津の正直な感慨であった。

「はあ、お蔭さまです。私も部長には随分薫陶《くんとう》を受けましたから」

淵上はまだ波津を「部長」と呼んでいた。当時、部員で波津に抗弁する者は誰もいなかった。次長の小石でも波津の言う通りにいつも賛成した。眼の前にいる淵上などは、波津を見るのにいつも恐れるような表情だった。が、今の彼には微塵《みじん》もその時の名残《なご》りはなかった。口では丁寧《ていねい》に言っているが、その表情はもはや波津と対等的であった。いや、優越的であった。

「では、お元気で」

淵上はそう言って一礼すると波津の前から去った。

波津が眼で見送ると、淵上は途中で何度も人に止められて話しかけられている。波津の眼には淵上の背中が急に大きく見えた。

波津は、気持が次第に沈むのを覚えた。今まで明るく照っていた陽《ひ》が俄《にわ》かにかげった時に似ていた。佐久間の顔を見たとき彼は自分でも意識するほど気持が明るかったが、淵上に会ってからそれに翳《かげ》がかざし始めたのである。

淵上に対しては、波津はなんら関係がなかった。ただ、昔の部下というにすぎない。彼が出世しようとどうしようと余り関心はなかった筈《はず》である。しかし、佐久間を見たあとで、淵上に会ったのは波津を後悔させた。自分の口から思わず、君等の時代になったね、と言ったが、それは時代が過ぎた老朽者の言葉になっていた。波津は、淵上に会っている間、この気持が顔色に現れなかったか、と気にかかった。

「波津さん」横に小石泰一が来て誘った。

「そろそろ退却しましょうか」

小石もここにいるのに何か弾まないものを感じたらしかった。そう言えば、百人以上になるこの会員達の誰もがいつまでも居心地《いごこち》がいい筈はなかった。表面では旧友に会って久闊《きゆうかつ》を述べ合い、肩を叩《たた》き合って笑っているが、寂寥《せきりよう》がその心に沈んでいない者はないようだった。

「出よう」波津はいった。

社長も専務も、姿を消していた。一群れが出口の方へ流れて行くのが見えた。眼を遣《や》ると、先頭に政治家が居た。老人たちが、政治家をとり巻いて歩いていた。

ふん、と波津は唾《つば》を吐いた。

「いくつになっても、あの根性はやめられないね」

取り巻きの連中のことをいっているのだった。

「ほんとうですね。彼なんかは」

小石は、政治家のことをいった。

「社をとっくに辞めてわれわれは顔も覚えてませんがね」

両人は、出口にかかって、土産《みやげ》ものだけは大事に受けとった。嵩張《かさば》った包みで、何が入っているか分らない。

係たちは、波津などは見向きもしないで、最近停年になったある部長の顔に眼を向けて、頭を下げていた。

包みを下げ、門までの長い砂利道を二人は歩いた。自家用車が、何台も二人の横を走って過ぎた。両側に岩をたたみ、紅葉のさし出ている立派な道をてくって歩くのは恥しかった。玉石の上が歩きづらい。門の外に出て、普通の道路になったときは、正直、ほっとした。

「これから、どっちに行きます？」

小石泰一は、まだ波津に次長のときの態度をとった。

「とにかく、君、タクシーに乗ろう」

自家用車が門内から出て来ないうちに、早くタクシーを停めた。自家用車を持っているのは、景気のいい連中だった。会社のコネで息のかかった小会社の役員に横辷《よこすべ》りしているとか、自分で事業を起して、うまく当てた人間たちであった。波津には、その両方の運も才覚も無かった。

「どちらへ参りましょう？」

運転手がふりむいて訊《き》いた。

「何処《どこ》へ行こう?」波津は小石に相談した。「さあ」小石は茫漠《ぼうばく》とした顔つきをしていた。

「とにかく、……銀座方面へやってくれ」

波津がいって、小石を見ると、あまり弾まないような表情をしていた。波津は、小石が帰りたがっているのを知った。

果して、途中の国電の駅の近くに来ると、

「部長、たいへん申訳ないですが、ぼくはここで」

といい出した。

「そう」波津は気持をかくして機嫌よくいった。

「そりゃ残念だね。折角《せっかく》だと思ったのだが」

「本当に折角ですが。済みません」

「いや、いいよ、そりゃ。家に用事があるんだもの」

「この次に」

「ああ、この次に会おうね、それまで元気にしていてくれ給え」

「部長も」

小石泰一はタクシーを停めさせて降りて行った。車が動き出すまで、小石は土産《みやげ》ものを大事そうに抱えて見送った。西に傾いた陽《ひ》が、小石の顔にかかり、今まで気づかなかった彼のふえた皺《しわ》を鮮かな陰影で描き出した。

走り出してから、波津は自分の横の座席に急に穴を感じた。今までそこにいた人間が、俄《にわ》かに姿を消したのが奇妙に思われた。そこに、寒い空気が溜《たま》っているみたいだった。

波津は走ってくる街を眺めながら、今日の「社人会」には、出席するのではなかったと思った。毎年、こういう後悔をくりかえしている。しかし通知が来ると、つい、ふらふらと出て了《しま》う。一つは、「社人会」の資格が、在社時に次長以上という規約があるせいかもしれなかった。つまり、この特権意識と、帰りに貰《もら》う土産ものとが、彼を会合に向かわせている唯一の動機であった。会場で、ただの酒と料理に手を出している間はよいが、きまって、あとで不快のたねになるようなことに、一つや二つは必ず出合った。来年こそ出ないぞ、と思うのは、いつものことであった。

波津は、いまもその気持になっていた。受付の連中が総務部長だった彼の顔を見知っていないのがその最初だったが、こんな小さなことが、あとで不愉快な思い出に拡大されるのである。それから、淵上に出会ったのが嫌《いや》な出来ごとだった。あんな奴が経理部長に成り上っている。君らの時代だね、と思わずいった自分の言葉が卑屈めいて、今は自分の唇を抓《つね》りたいくらいであった。佐久間の顔を、停年者の間に見出《みいだ》して、ちょっと愉快だったが、それとても、佐久間の寂しそうな表情は自分の顔の鏡ではないか。思い出すと、きりがない。途中退社の政治家も、そのとり巻きも、社長や専務の空々しい祝辞も、自家用車の群れも、一つ一つが不快でないものはない。そういえば、部長部長といいながら、途中で棄てるように彼の傍《そば》から去った小石にも腹が立った。

「銀座は、どちらへ行きましょうか？」運転手が訊《き》いた。

当てはなかった。小石と一緒だったら、飲み直すつもりだったが、一人になってはその気にもならなかった。

困っていると、ふと、滝村源太のことが頭に泛《うか》んだ。

「東銀座にやってくれ」波津は咄嗟《とっさ》にいった。

滝村源太は、まだ、あの薄暗いビルの内に居るだろうと思った。滝村を誘い出そうと考えた。それがこの際、彼の空虚な気持を埋めるただ一つの方法のように感じられた。

滝村源太を想い出したのは、この前、借金を手紙で申し込まれたからだった。女房の入院費用に一万円ばかり拝借したいと、こまごま事情が書かれてあった。その返事を出していない。余裕がないから貸す気はなかったのである。

滝村源太はかつては波津の部下だったが、彼よりも五年も前に停年になって辞めた。今では、東銀座の名もない会社で嘱託《しょくたく》をやっているが、実際は外廻《そとまわ》りの小使《こづかい》のような仕事であった。社を辞めた途端に、好きな女が出来て、退職金をはたいてしまった。それからは、家庭のなかが始終もめている。ときどき、波津のところに顔を出しては愚痴を述べた。

滝村源太の愚痴の一つに、自分が「社人会」に入られなかった残念さがある。彼は課長どまりだったので、入会の資格が無いのだ。波津は、それを聴いて、なるほど資格の無いものは劣等感をもって羨望《せんぼう》しているのであろうと思い、これでも、自分は多少はましな方かもしれないと、そのときはすこし優越感をもつのであった。

波津は、滝村のところへ寄るのが、今の気分を癒《いや》す最良の方法だと思った。「社人会」の総会の帰りだと告げ、嵩張《かさば》った土産品《みやげひん》を見せると、滝村源太はどんなに羨《うらや》しがることであろう。波津は、多少意地悪い方法だが、それだけが、今の自分を救ってくれる最後の手段だと思った。一万円の借金申込みは、さし当り三千円で済ませる。どうせ返してくれる見込みはないが、この際、仕方がないと思った。滝村なら、喜んでついて来て、見え透いたお世辞をならべるだろうが、波津が、いまいちばん欲しいのは、そのお世辞であった。

タクシーを降りて、汚れた、小さなビルの中に入って事務所で訊《き》くと、滝村源太は、もう帰宅したあとだと、これもよごれた事務員が出て来て告げた。気がついてみると、あたりは日が暮れて暗くなっている。

波津は、アテが外れて、ひとりで歩き出した。タクシーを停めても行先がないし、歩いた方が、気が済むような気がした。こうなると、かなり重い土産ものが邪魔になる。毎年の例で、羊羹函《ようかんばこ》と湯呑《ゆの》みを詰めた函が重ねてあるに違いなかった。湯呑みは、ひびが入ってもいい覚悟で、無法に振って歩いた。函の角が、ごつんごつんと膝《ひざ》に当って痛かった。

飲み屋に寄る気もしないうちに、つい、東京駅に近い方まで来てしまった。商店街が無くなり、官庁や会社の集まっているビル街に来た。気持が荒涼として、眼に見えるから見えるというだけで、心に留まらない。歩いていることが、たとえば夏の日に走っている乗物にのっているとき風で暑さを凌《しの》いでいるような具合で、ちょっとでも停《とま》ると、やりきれない気持に襲われそうであった。

ふと気づくと、R物産の大きな建物の前に来ていた。気づいたのは、ほかでもない、夜は高原のように暗いこの一劃《いっかく》に、R物産の建物だけが、近ごろの流行で、下から照明をつけ、建物全体がきれいな色で、浮き上っていたからである。

波津は呆然《ぼうぜん》としてかつて三十年も勤めたこの建物を見上げた。照明効果に見とれたからでもなく、自分の古巣に感慨を起したからでもなかった。

建物が、いつまでも生きている生物にみえたのである。この内部で働いている人間は年々に老いて辞め、死んでゆく。しかし、この建物だけは、会社創立よりすでに六十年になるが、生存機能を停止することを知らない。これからも何十年か、百何十年かを生きるかもしれない。その間に、何千人という人間が、この内部で栄養を吸い取られ、吐き出されて斃死《へいし》することであろう。人間は死んでゆくが、この建物ばかりは、栄養にふくらみ、動脈に赤い血を殖《ふ》やしてゆくように思われた。波津は、夜の闇にくっきりと綺麗な色で浮き出ている自分の半生を勤めたこの建物が、なにか妖性《ようせい》に見えた。

彼は駅の方へ走り出した。

筆写

老人部屋は四畳半で家の奥にあった。雲と松の絵のついた襖《ふすま》の上半分が手垢《てあか》でうす黒くよごれているのは、安之助がこれに手を当てて身体《からだ》を支えるからだ。破れているところもある。手垢は柱にも、廊下に出る障子の枠《わく》にもついている。

安之助は七十二になってもそれほど瘠《や》せはせず、大きな身体を重そうに動かした。格別、悪いところはないけれど脚が縺《もつ》れる。便所に行くにも廊下の壁を片手伝いにするので、新築後間もないクリーム色の壁をよごす。黒い指あとは、便所の壁にもついている。しゃがむときも立つときも、前の壁に手をかけないと身体が自由にならないのである。

嫁の桂子が安之助の手が当りそうなところに紙を貼《は》った。建てて間もない家を大事にしているのと、客がトイレを使うときに穢《きたな》い壁を見られてはみっともないからである。その紙が安之助の指垢である程度までよごれたら取り替えるつもりなのだが、よそから来た客は、眼の前に妙な紙が貼ってあるのでかえって嫌悪感を起した。

その貼り紙にときどき鉛筆で落書があった。中学二年の孫の康夫だが、安之助はそれを見るとひどく安心する。落書を桂子が騒ぐからだ。老人部屋に坐って、桂子が子供を叱っている声を聞くと、手垢というどうにもならない自分の過失が軽くなるような気がする。同時に、新しい手垢を見つけるたびに声を尖《とが》らしている桂子に仕返しできたような気になった。

「おじいちゃん、もっと、手をよく拭《ふ》きなさいよ」

桂子は安之助に始終要求した。そのためにおしぼりが籠《かご》に入って安之助の寝床のわきに置いてある。彼はあまりそれを使わない。若いときから几帳面《きちょうめん》な性質ではなかった。歳とってからはなおさらだ。いちいち手拭で指をふくという小面倒なことができる道理がない。

桂子は、女中にも絶えず老人の手をふいてやるように言いつけている。女中は顔ぶれが始終替っている。はじめの間こそ忠実に奥さんの云うことを聞いて安之助の指を拭くが、そんな看護婦みたいな丁寧なことがいつまでもつづく道理はなかった。女中も忙しいから、四、五日くらいで古いおしぼりだけが置かれ、乾いたまま籠の中にころがっている。

それなら、桂子が安之助の指をふいてくれるかというとそうではない。桂子は、おじいちゃんの傍《そば》に寄ると臭い、と顔をしかめてあまり寄りつかなかった。性来がものぐさの安之助は老人になってからいよいよ横着になり、顔を洗うのは三日に一度、風呂は十日に一度くらいである。もっとも入浴を休むのは足がもつれ、タイルで辷《すべ》りそうなので要心のためでもあった。桂子はそのときに洗濯した下着と着物とを上り場のカゴの中に投げて入れておく。安之助の脱いだものは一度熱湯に通してから洗わないと臭気も脂垢もよくとれなかった。

部屋は一週間に一度、桂子と女中とが掃除した。安之助は若いときから新聞をよむのが好きで、今でも枕元に古いのが溜《たま》っている。息子の秀人は私立大学の助教授で近代史を専門に講じていたから、その生活程度にも似合わず新聞は四種類とっていた。安之助は秀人や桂子が読んだものを女中に持ってこさせ、眼鏡をかけて丹念によむが、半日はそれで暮れてしまった。ときどき秀人が切り抜いたあとの穴のあいた新聞が下りてくるのには愉《たの》しみを半減させられた。読み終えた新聞は煙草の灰と畳埃《たたみぼこり》とにまみれて枕元にちらかっている。煙草は昔から好きで、若いときは「敷島」というのを日に三十本は吸っていた。

部屋を掃除するとき、桂子は鼻にマスクをかけ、眉《まゆ》をひそめて、ああ、きたないわ、おじいちゃん、もっときれいにして頂戴《ちょうだい》、などと叱言《こごと》をいいながら、蒲団《ふとん》をばたばたと畳んで押入に上げ、女中といっしょに畳を拭く。安之助はその間、憤った顔をして狭い庭に立ったり、杖《つえ》をついてよちよちと近所を歩いたりした。歩くのは昔から好きであった。

どんなに掃除しても、といっても一週間一度のわりだが、老人部屋の臭気は脱けなかった。廊下から障子を開けると、ぷんと黴《かび》臭いにおいが鼻にくる。安之助が居ても居なくても、この枯れた脂臭さに変りはなかった。もとより安之助自身は鼻が馴《な》れていてその臭いを嗅《か》げないが、ほかの者にはこれが分るので、孫二人も、秀人もあまり寄りつかなかった。孫の上のほうは健樹という名で高校二年生になる。安之助はかえってそのほうが気楽で、あんまり可愛気もない孫に来て貰《もら》いたくないし、秀人の気むずかしい顔を見るのも好きでなかった。

秀人は四十九で桂子が四十三だった。秀人は安之助の二十三歳のときの子で、以後子供は生れなかった。一人息子のため大事に育てたせいか、今でも瘠せて背がひょろ高く、神経質そうな蒼白《あおじろ》い顔をしている。眉の間にいつも皺《しわ》をよせて親の安之助を見ても滅多に笑わない。

安之助は中学校の校長で終ったが、苦しい中で秀人を大学に入れた。秀人が卒業間際に東京から安之助の生地の信州に帰ったことがあるが、何が気に入らなかったのか、そのころから父親にろくに口を利かなくなった。それが三、四年つづいたが、桂子と結婚して二年目からよけいに秀人は安之助と話をしなくなった。それがいまだにつづいている。必要なこと以外には安之助に言葉をかけないし、むろん世間話めいたことは一切父親から避けていた。息子がそんなふうだから、安之助もこちらから話をしかけることはなかった。何か云うと、秀人がいやな顔をするからだ。秀人の不快な表情は額に皺が集って陰険な相である。

なぜ、秀人がそうなったかは安之助にはよく分らない。しかし、安之助は饒舌《じょうぜつ》なほうで好奇心も強いから、息子が大学に入ってもいろいろと授業内容のことを訊《き》いた。中学校長の知識では次第に息子との間にズレが出来て、秀人は親父からそんなことを話しかけられるのが煩《うるさ》くなったらしい。つまり、安之助は秀人が父親たる自分を軽蔑《けいべつ》していると思っている。それがほかの会話でも息子は父親となら避けるようになった。

秀人が桂子と結婚して二年目くらいからよけいに安之助に口を利かなくなったのは、一つは秀人が学問に熱中しはじめたことと、秀人に桂子の影響が次第に現れたことらしい。すくなくとも、安之助だけはそう思っている。桂子は山口県の宇部《うべ》という土地の旧家の娘だが、気が強く、あまり教育を受けた女ではない。しかし、秀人は桂子を気に入っているので、あまり叱言も云わなかった。年月が経つにつれ、桂子の気の強いぶんだけ秀人は女房に後退した。安之助の妻は八年前に死んだが、生きている間、桂子との不仲が直らなかった。

安之助は宵の七時ごろから老人部屋の蒲団にくるまって睡《ねむ》り、夜中の一時ごろに眼がさめて小便に起つ。四時ごろまで腹匍《はらば》って煙草を喫《の》んだり、新聞の読み残しの記事をていねいに拾ったり、昔のことを考えたりする。

昔のことというと、たいてい教員や校長時代のことが泛《うか》んでくる。奇妙なことに、親しくした者や関係の深かった者よりも、縁のうすい、いわば影のような点景的人物のほうが思い出されるのである。ほんの二言か三言ぐらいしか話を交わしたことのない同僚や部下の動作が鮮明に出てきて、あいつはもう死んだに違いないとか、どうしているだろうなどと考えたりする。

とりとめのない記憶を追っているうちに三時間ぐらい経ち、そのまま睡ることもあれば、思い出したように日記をつけることもある。大学ノートは古くなっているが、倹約して書くので日数はたっぷりだった。たとえば、それは次のような文字だった。△二日　雨なか晴。前月繰越１８２０円。１２０円バス代。２００円すし。△五日大雨。１００円あんぱん2個。△六日　曇。１７０円毒掃丸。１００円今川焼。△八日　晴。１５０円目薬。△十二日　小雨。２５０円ぜんざい。△十五日　晴。２００円いなりずし。１７０円毒掃丸。△十七日　曇。１５０円菓子。１８０円バス代。△十九日　晴。１７０円毒掃丸。

横ケイの欄一行が一日ぶんだから、一ページに二十四日ぶんが書けた。場所をとらないからノートの費えが少くて済む。これはいわば小遣帳のようなものだった。この小遣いは桂子が一ヵ月に三千円ずつ渡してくれた。

「おじいちゃん、買い食いしちゃ駄目よ。腹をこわすし、近所にみっともないからね」

と彼女は必ず云い渡した。安之助は、うむ、うむ、分っている、とうなずき、駄菓子屋に寄ったり、ぜんざいを食べたりした。

毒掃丸が多すぎる。安之助は身体の調子が悪いとこれを用いた。これが一番自分の性《しよう》に合っているような気がする。便秘にも効くし、胸のつかえや腹痛にもよかった。薬ははじめ桂子が薬屋から買ってあげますよと云ったが、二、三度だけで、あとは忘れてしまった。

桂子から何でも買ってもらって恩恵を感じるより、自分の貰う小遣いで買いに行くほうが何倍も気楽だった。店に入ってそこの主婦なり主人なりとそこばくの話を交わすのが愉しい。先方はこちらを老人とみて、しばらくはにこにこして話相手になってくれるのである。自分と話の合う相手を見つけたときのうれしさは格別で、何も買うものがない日でも店さきをのぞきたかった。家には用事か叱言以外には口を開かない桂子と、たまに顔を合わせても不機嫌に黙りこくっている秀人しかいないのだ。大きくなった孫は祖父から逃げていた。

三、四日おきに「バス代」が小遣帳についているのは、好きなところを見に行きたいからだった。バスに乗るとバスガールや乗合客に親切にされるたのしみがあるからだが、安之助は田舎で生れ、地方の校長廻《まわ》りをしていたから、五年経っても東京がまだ珍しいのだった。彼は教師として歴史を教えていたから東京の史蹟《しせき》が面白かった。八年前に死んだばあさんが生きていたら連れて廻ると喜ぶかもしれないと思うこともあったが、ばあさんにはその方面の素養はないし、仲もよくなかったから、いっしょに歩けば必ず口喧嘩《くちげんか》をしたに違いない。

安之助は足はもつれているが、杖を片手に時間をかけて歩くぶんには差支《さしつか》えなかった。ただ、はたから見て、よちよちとしているので通りがかりの見ず知らずの婦人が気づかわしそうにふり返ったり、手をかしてくれたりした。

桂子は安之助が外出するたびに眼を光らせた。事故があったら自分のほうが大へんだという顔をする。注意がうるさいので、なるべくかくれるようにして門を出るが、それでもよく見つかった。下駄の音がするので仕方がなかった。

「おじいちゃん、どこへ行くの?」

「うん、近所を歩いて廻るだけじゃ」

「あんまり遠歩きはしないで下さいよ。車が多いから轢《ひ》かれるわよ」

「ああ、分っとる」

そういうときに限ってわざと遠くへ行ってやりたくなり、バスに乗ってから舌を出した。

——ところで、そのノートが小遣帳だけに終らず日記の体裁になっているのは、「記事」が書きこんであるからだった。横ケイは二十四行あるから、片方のページは十六、七行あまる。そこに例えばこんなことを書きこんだ。
△秀人は三日午後二時ごろより資料調査のため山形県下に赴き、九日夕帰宅せり△六日午前十一時より近くの小学校にて敬老会あり、記念品を受領せり△健樹は十二日修学旅行のため相模《さがみ》湖日帰りせり△秀人は著述のため十八日より一橋寮にこもり二十一日に帰宅せり△二十五日、暇をとりたる女中桐野明子、新に雇入れたる村山信子に家事の要領を引つぎて去る。信子は三十七歳、群馬県前橋市近くに実家あるとなり△一日、衆議院議員総選挙、自民党候補者某に票を投じて小学校より帰宅。
△五日、芝増上寺参詣。交通費280円、中食500円。
記事には自分の感情を少しも書かなかった。書くのが面倒だからでもあるが、こうして家の中の出来ごとを書きとめておくと、老人部屋に引込んでいても自分が何でも知ったような気になった。秀人をはじめ孫にいたるまで遠くに出る前、その行先を安之助に告げなかった。

「秀人は何処《どこ》ぞへ旅行したんかな?」

桂子に訊《き》くと、はあ、それはどこそこです、と彼女は仕方なさそうに答える。おじいちゃんには関係のないことですよ、と云いたげだった。

安之助はこういう日記を夜中に眼をさましたときにつける。昼間は押入のトランクの下に挟《はさ》みこんでおいた。この行李《こうり》のなかには自分の着ものが入っているが、その殆《ほとん》どは死んだばあさんが金の工面をしてつくってくれたものだった。

そのころからみると一家の生活はよくなった。秀人が学習参考書を書いたり、歴史入門書などを出したりしてきたので、小さくともこの家をようやく新築することができた。もっとも一家の生活が豊かになったといっても安之助にはあまり恩恵がなく、かえってきれいな壁を指垢《ゆびあか》でよごすので桂子に気を兼ねなければならなくなった。

日記を隠匿しているのは、このなかにいろいろな買い食いの支出項目がかいてあるからで、桂子に発覚するのが怕《こわ》いためでもあった。しかし、長い間の毎晩のことだからやはり気づかれた。桂子が、おじいちゃん何を書いているの、とうす笑いして訊いたことがあった。

それから一ヵ月ばかりして、珍しく秀人が顔にほほえみを泛《うか》べて老人部屋に入ってきた。大学に出かけるときらしく、片手に黒い鞄《かばん》を提げていた。

「おじいちゃん、少しぼくの仕事を手伝ってもらえないかな？」

と云う。安之助は、おれに出来ることがあるかい？　と問返した。

「おじいちゃんに筆記を頼みたいんだがな。他人《ひと》から借りたノートを引写すんだが、ぼつぼつでいいからやってくれませんか」

秀人は鞄から分厚い三冊のノートを取出した。それは同じ大学ノートでも大型で、受取ってみると、表に「大逆事件文献」とペンで記《しる》してあった。このノートも大ぶん古く、すっかり汚れている。中を開くと、両ページにわたって細かい字がぎっしりと詰っていた。

「これを書くのかい？」

さては、おれが日記を書いていることに気づいた桂子がこういう仕事を秀人にすすめたのであろう。どうせおじいちゃんは遊んでいるんだから、退屈凌《しの》ぎの恰好《かっこう》な仕事よ、と云う声まで聞えそうである。

「おれは眼が悪うなっとるし、手も思うように動かないから、急いで写せと云ってもできないぜ」

安之助が婉曲《えんきょく》に断ろうとすると、

「いや、急がなくてもいいけど」

と、息子は云った。今度は綴込《とじこ》みのところに金輪の嵌《はま》った立派なノートを出して、

「三ヵ月ぐらい人から借りてるので、そのくらいの間ならやれるでしょう。その代り、おじいちゃんに書いてもらったら、それだけお礼を出すよ」

「お礼など要らんが」

安之助は云ったが、ノートをぱらぱらとめくると、小さな字がぎっしり詰っているので、なるほど、これはなんぼか小遣いをもらわなければやれないわいと思った。

「一ページ分写してもらったら、五十円あげます。それでどうかな？」

と云う。一ページ五十円とは安いが、今まで桂子から恩着せがましく小遣いをもらっているよりも大義名分がつくと思い、引受けることにした。もっとも、断るとなれば後味が悪い。五十円という値段も多分桂子の入れ智恵に違いなかった。

「大逆事件というと、幸徳秋水のあれか？」

安之助が突立ったままの秀人にきくと、

「そう」

と、彼は短く答えた。

「こんなものを、おまえ、やっているのか？」

「まだはっきり分らないが、とにかく資料だけは筆写しておきたいのでね」

例によって秀人は多くを説明しない。しかし、歴史をやっているから、また何か本を書くときの資料にでもするのだろう。

秀人が出て行ったあと三冊分のノートを見ると、大体、一冊二百ページとして六百ページ分はある。一ページが五十円だから、六百ページで三万円にはなる。しかし、三ヵ月はたっぷりとかかりそうだから、一ヵ月一万円の割合である。まあ、面倒ではあるが、隠居仕事には丁度いいかもしれないと思った。

その穢《きたな》らしいノートをめくると、誰かが関係文献を丹念に写したもので、最初のノートの一ページに解題のようなものが附いている。それによると、司法省に保存されていた幸徳事件関係書類は占領軍到着間際に他の重要書類と共に焼かれたが、その厄から僅《わず》かに逃れたものが誰かの手によって佐藤という、今は潰《つぶ》れてしまったキワモノ雑誌の社長のもとに持込まれた。これが「佐藤文書」と称されている。目録によれば、幸徳秋水、管野すが子、奥宮健之、新村忠雄、古河力作などの獄中手記、遺書、家族に宛てた獄中消息などが集められている。説明によると、これら被告が家族に宛てた消息は当然遺族に渡されるべきものを検察側が押えていたものだとあった。

安之助は大逆事件が無罪だという声を聞いているが、やはり若いときの印象が拭《ぬぐ》えず、半分はまだ空怖しいことだと思っていた。秀人はまだ活字になっていないこういう資料を逸早《いちはや》く使ってみたいらしい。忙しい自分が写せなかったら学生にでも頼めばよいが、筆写料が高くつくのと、こういう珍奇な資料は他人に見せたくないらしかった。

近ごろでは安之助もそういうものをぼつぼつ書き写している。夜はとても眼が効かないので、仕事は昼間だけしか出来ない。たとえば、こういうような文句がある。

「裁判官は一方に甚《はなは》だ親切にして被告を安心さしておいて、一方に罪になる様〳〵にするのだ。予審調書などでも被告の云はない事を書くのだ。不利益に潤色して書くのだ。一二の例を挙げれば、大石誠之助氏の事を問はれた時の如きからだ。問『君は大石誠之助を知って居るか』答『知りません。会つた事ありません』問『手紙のやりとりは』答『した事ありません』問『何か文章を見たか。如何《いか》なる事を論じて居るか』答『新聞雑誌でよく読みました。主に道徳とか宗教とか家庭とかに関したものです』

問『無政府主義者か』答『何主義者か知りませんが、マー、天皇とか国家とか云つて有難がつては居ますまい』問『しつかりした人か』答『エエ、学問もあり、外国語も達者ださうです。然《しか》し、政治的運動をやる人ではありますまい』と。すると『有力なる無政府主義者です』と云つたと書かれた」

こういう面白い問答ばかりではない。

「法律の後より暴力を取除いてみよ。何の権威ありや。僕は云ふ、法律は暴力なりと。法律は公平無私なるものに非ず、道理を以《もつ》て争ふものに非ず、といふことを実験し、その誤り無きを保証す」

などという面倒な文句も見える。この古河力作という人は、註《ちゅう》によると、長野県で爆弾を造っていた製材所の職工宮下太吉と親交があり、共謀を以て大逆を企図したというので死刑に処せられたとある。

安之助は、検事と被告の問答のところは興味があったが、こういう無政府主義者の哲学みたいなところはあまり興を惹《ひ》かなかった。そのへんになると、うつらうつらと居睡《いねむ》りが入る。どうかすると涎《よだれ》がノートの上にこぼれたりした。その跡に茶色のシミがつくので、あとで秀人が文句を云いそうだから、せっかく書いた片面を破り棄てることもあった。ルーズリーフ式になっているので、紙が一枚減るけれど、破るぶんには不都合はなかった。

秀人がよく家をあけるようになった。桂子が問うと、資料の調査で長野県に出かけるという返事だった。相変らず面倒臭がって詳しいことは教えない。そこで、安之助はノートの一行に、

「七日（晴）秀人資料調査のため長野県に出張。十一日帰宅」

と書きつけた。長野県というのは、多分、安之助が書かされている大逆事件の現地調査であろう。というのは、宮下太吉が長野県東筑摩郡中川手村の製材所に働いているとき爆弾を製造して事件発覚の端緒となったからだ。そう考えて安之助が桂子に秀人の行先を訊《き》くと、

「さあ、長野県だかどこだか分りませんよ」

と、突慳貪《つっけんどん》に云って、ひどくぷりぷりしていた。日ごろの無愛想とも少し違う。ははあ、これは何かあるなと、安之助は老人部屋に引込むが、夜中の一時ごろに眼を醒《さ》ましたとき、二階のほうでごとごとと物音がしている。はじめは泥棒でも入った

のかと心配し、廁《かわや》に立ったついでに廊下から耳を澄ますと、秀人と桂子の諍《いさか》いの声が聞えている。安之助はただささえ耳が遠くなっているので話の内容は分らないが、とにかく喧嘩をしていることは確かだった。彼は小用を済ませ、部屋に戻って蒲団の中に入り、枕元の灰皿を引寄せて煙草を喫《の》んだ。

桂子の態度から考えると、夫婦喧嘩の因《もと》は秀人の出張にあるらしい。どこに行ったか分りませんよ、という桂子の言葉は、秀人が口実を設けて別な方面を廻っているという意味にも取れた。

安之助は二、三時間ばかり蒲団の中にじっとしていた。喧嘩の因は大体想像がつく。秀人が女をこしらえて、出張を口実に遊び廻っているのを桂子が嗅《か》ぎつけたのではあるまいか。桂子も気の強い女だから、大ぶん激しく秀人を糺明《きゆうめい》したに違いなかった。

秀人は四十九になる今日まで女関係で家庭の不和を起したことはなかった。桂子は秀人が前に一度大学院の女子学生と妙な噂《うわさ》が立ったと云っていたが、そのときは紛争を起すまでにはならなかったようだ。だが、今度は出張にかこつけて別な所に廻ったり、女をこっそり同行させているとなると、桂子もただではおさまるまい。

秀人は私立大学の助教授で、近代史の新鋭学者としてかなり認められている。安之助自身は遂に田舎の中学校長で終ったが、息子だけは他人から羨《うらやま》しがられた。よく出来た息子さんだと随分ほめられた。うれしくないこともないが、あの偏窟《へんくつ》な性格が、もっとからッとしていたらよいがと思う。少々陰湿すぎる。他人は父子関係がどういう具合なのか内情まで知らない。しかし、無口な秀人が女をつくったとすれば、少し面白いと思った。殊に大逆事件の調査が彼の浮気旅行の口実だから、対照が絶妙であった。安之助は昨日古河力作の遺書を写したばかりだった。

「父上、母上、何卒《なにとぞ》御身体を御大切に被遊度《あそばされたく》、若《も》し霊あらば御健康を守つて居ります。一日も御心を安んじ奉らざる内に死する事、是《これ》のみ懸念に御座いますが、今更致仕方御座いませぬ。もう之《これ》で御免蒙《かうむ》ります。左様なら。

ミキチャン　ツーチャン　左様なら。

力作」

（十行罫紙《けいし》二枚毛筆）

こういう悲痛な文句が安之助の頭に残っている。このような深刻な事件を調査したり、書こうとしたりする秀人が、資料をいじりながら女と遊び廻っているのはどういうことだろうか。仕事に向う研究心と生活態度とは、心が全く別々なのかもしれぬ。

安之助は、自分が若いときのことを久しぶりに思い出した。彼は彼なりのことがあった。教頭をしているときにも女子職員とあったが、これは学校にも女房にも知られずに済んだ。丸顔の、唇の厚い女だったが、田舎の温泉旅館に落合って接したとき女の血を見てびっくりした。それから自分がすぐに転勤となったので自然と別れたが、あとで営林署につとめている男のところへ嫁にいったと聞いた。

安之助は、うつらうつらとそんなことをとりとめもなく考えている間に睡ってしまう。

朝、十時ごろに眼がさめて便所に行き、例の壁の貼り紙に手垢をふやして、顔を洗ったが桂子の声が聞えていなかった。秀人は早くから学校に行っているらしいが、これも家に残っているのが面倒になったのではあるまいか。

老人部屋に戻ると、女中の信子が朝飯の膳《ぜん》を持ってきていた。眼の細い、色の黒い、みっともない女だが、三十七にもなるし、よそで女中奉公を三年していたとかで、仕事はできる。前の女中は味噌汁などろくにあたためもしないで持ってきたが、信子はきちんとガスにかけてくる。着物のほころびや、蒲団の破れなどこまめに繕ってくれるし、洗濯も不精をしないでやる。

その信子に、奥さんはどこに行ったかときくと、美容院にお出かけになりましたと答えた。桂子がパーマネントをかけに行くのは、たいてい三時ごろだと知っている安之助は、これも昨夜の秀人とのいさかいの影響だろうと思った。

飯を食いながら信子にそれとなく訊いてみると、やっぱり旦那さまと奥さまとの間が今朝は妙だったという。秀人は朝飯も食わないで飛び出したそうだから、よほど昨夜は険悪だったに違いない。安之助はそれが面白くないこともないが、あんまり険悪になりすぎると桂子がこちらにまで当りそうなので、ほどほどのところにしてもらいたかった。

信子も桂子が居ないので少しはのんびりとした気持になったのか、今朝は安之助の長い食事が終っても膳を下げようともせず、そこに居坐っていた。枕のカバーを取替えたり、敷布を剝《は》がしてまるめたりしている。

信子はここに来て二ヵ月ばかりになるが、群馬県の前橋の生れだという。問わず語りに一度結婚してすぐに別れたと云った。亭主が放蕩者《ほうとうもの》で愛想が尽きたのだそうだが、安之助から見ると、信子のほうが亭主に出されたような気がする。

ところで、その前橋はどういう土地だろう。安之助は、まだ行ったこともない地方にはいつも夢のような好奇心を持っていた。停年になるまで学校を転々としているので、自分でも放浪癖が身についたような気がしていた。彼も歴史の教師だったので、たいていの所は本の上で読み、土地の遺跡のようなものも暗記していた。信子に、前橋地方の歴史のことをうろ憶《おぼ》えながらいくつか話してみると、よくご存じですね、お出でになったことがあるんですか、と信子は云ったが、彼女は何も知っていず、またそんなものには興味もないようだった。百姓仕事ばかりして育った女なので、そのような話は通じないのだ。

信子は不器量だが、結婚の経験もあり、他家に奉公して廻って来ているので、身のこなし方には百姓女とは思えない色気のようなものがあった。もっとも、はじめのうちはそれが安之助の眼には映らなかったが、だんだんに馴れると、そう感じられてきたのである。たとえば、桂子の云いつけで毎朝女中がお絞りで指を拭いてくれるが、今までの女中でそれを長つづきさせた者がいない。信子だけは忠実にそれをつづけた。もっともそれも安之助のほうが大儀がらずにいたからだが、ずぼらな彼がそんな面倒なことをつづけさせるのも、信子に手を取られて指先を一本ずつ拭かれるのに何となく快感を覚えるようになったからである。

これまでの女中は若いせいもあってか、安之助の話相手になってくれなかった。一つは桂子の態度を見習って年寄をみくびっているからだろう。だが、信子だけはとにかく安之助の話に相槌《あいづち》を打ってくれた。あまり長いといい加減なことを云って逃げるが、まあ、ちょっとした話ならまともに受答えしてくれる。それだけでも安之助は信子に親しみが持てた。

こんな色の黒い、みっともない女だから、この先まともに縁談があるかどうか分らない。当人もそれは諦《あきら》めかけているらしい。安之助は、ふと、少々金さえあればこんな女はたやすく云うことを聞くだろうなあ、と思い、妾《めかけ》を持っている世間の年寄のことなどを漫然と考えた。信子のような女ならそれほど金をやらなくとも済みそうである。

これまでの女中は、老人部屋にくるのを好まなかった。安之助の身体から漂う異臭を嫌う。それで、朝晩の食事の膳も台所から持ってくると、食べ終ったあともいつまでも下げにこない。——安之助の食事だけを家族と別にするのは、秀人の食事が不規則で容易に揃《そろ》わないのと、安之助がいっしょに食卓につくのを子供たちが、おじいちゃんがご飯をたべるのを見ると、きたならしくて厭《いや》だ、と云い出したからである。

安之助は歯が無く、ゆっくりと動かす口もとには内に入っている飯粒までがまる見えだった。それに洟《はな》が出るから絶えずふところから手拭を出してふいていなければならない。痰《たん》が詰まれば咽喉《のど》を鳴らす。咳《せき》といっしょに口の中の飯とおかずが食卓の上に飛ぶ。そんなことで子供が同席を嫌い出したのだが、息子の秀人もいっしょに食事するときは眉間《みけん》に縦皺をよせて不快感を示した。安之助も遠慮しながら飯をたべるよりは、別になってひとりでしたほうが気が楽なので、居間に膳を運ばせる桂子のやりかたに賛成した。しかし、無愛想な女中が、はい、といって膳を畳の上に置いて行き、食べ終っても忘れたころにとりにくると、まるで犬猫にあてがわれたようで腹が立つことがあった。

その点、信子は食事の膳もちゃんと上げ下げするし、安之助の黴《かび》くさい体臭も気にしてないようだった。尤《もっと》も、彼女が来てからは、部屋の掃除も多くなり、洗濯物も行き届く。

この衣類のよごれのことだが、安之助は褌《ふんどし》をよくよごした。これだけは、さすがに桂子が女中の手をかりずに洗ったが、それは今までの女中が若いからでもあった。信子はすすんでそれを引受けたので、安之助はその洗濯のたびに桂子から顔を顰《しか》められずに済んだ。ついでに下《しも》のことになると、安之助は大便所の便器をよく汚した。これは昔からで、死んだ女房もよく叱言《こごと》をいっていたが、身体が大きいせいか位置がよくさだまらないのである。それが歳をとると急ぐことになるので、さらに改まることはなかった。気をつけてするのだが、五度に一度は失敗した。

これを見つけられると、桂子がうるさいので、安之助は大きな図体を屈《かが》ませて、紙で便器のふちを拭き取った。あるとき、信子がこの姿を発見して、

「あら、それはわたしがしますよ」

と代って掃除してくれた。

信子は親切に違いないが、安之助はこの女はよほど貧家の生れだろうと思った。彼は長い教員生活でずいぶん田舎を廻り、貧村も見ている。便所でも、戸外に柱だけ建てて萱《かや》で三方を囲い、入口には蓆《むしろ》を一枚たらし、なかは踏み板が二枚さし渡されているだけで、町の者は気が怯《ひる》んで用が足せないくらいだ。そんな貧家に育った女ほど、きたないと思われるものに厭悪《えんお》感がうすく、それだけに掃除好きの女が多いようである。安之助は信子の働きぶりを見てそう思った。

だが、信子はそれだけでもなさそうだな、と安之助はまた考えるのであった。彼女

が、誰もがきらっている年寄の身の廻りの世話をするのは、女中の義務とだけでは済まされぬものがある。そう考えると、もし自分に金があればこの女を別に囲っておくのだがな、僅かな金でも承知しそうだ、とまたしても器量の悪い顔と、どこか柔軟な腰の動きを眺めるのだった。そういえば、信子が着物で襷《たすき》がけでいるときは、たくれた袖口《そでぐち》に真赤な色がはみ出た。

そう考えても秀人からノートの筆写料一ページ五十円を貰《もら》う身ではどうにもならない。全部仕上げても三万円だ。しかし、三万円のなかから半分でも信子にやれば、きっと喜ぶに違いない。それで信子がすぐにどうなるというわけではないが、彼女の親切はもっと増すだろうと思った。

安之助はそう考えると、大逆事件のノートに向う気持に積極性が湧《わ》いてきた。これが完成するには三ヵ月もかかるが、その間に信子がこの家をやめるという懸念は考えられない。

安之助は濡《ぬ》れ縁の障子にくっつけて置いてある机に向う。毎日、四ページぐらい書き写しているが、もう少したっぷりと書かねばならない。まだ古河力作のぶんが終っていなかった。

信子も、今まで安之助がそんな仕事をしているとき、部屋に入ってくるついでにのぞいたりした。

「それだけ書きうつすのはたいへんねえ、おじいちゃん」

と彼女は云った。安之助から筆写料の値段を聞くと、それからは、あ、今日は三百円になったわね、とか、二百円しかならなかったわねえ、とか云った。

「おい、お信さん、済まんがこの金で今川焼を買ってきておくれ」

安之助はよごれた財布から百円玉を二つ出した。一つ五十円だから四つ買える。

信子もはじめは、そういうお金は奥さまから頂きましょうと云ったが、安之助から奥さんが煩《うるさ》いからかくれて食うのだという説明をきくと、すぐに納得した。女中奉公で他家を知っている彼女は、よそでも似たような例を見ているらしかった。

信子が心得て市場の買物のついでに安之助の注文品をエプロンの下に隠して持って帰ると、安之助は顔中を皺だらけにしてにこにこし、桂子のいる部屋のほうをうかがいながら、

「おまえも、ここで食べて行きなさい」

と二個を渡した。

「あら、それはおじいちゃんが食べなさいよ。わたしは要らないわ」

信子は笑いながら押し返した。

「おまえはこんなものが嫌いかい？」

「べつに嫌いというわけじゃないけれど、おじいちゃんが好きなんだから。いちどきで多かったら、寝しなにでも残りをたべたらいいわ」

信子の言葉つきはぞんざいだった。

「まあ、そう遠慮しなさんな。折角、そのつもりで四個買ってきてもらったんだから」

信子は一度出て行って、あとから戻り、一つだけをたべた。

「桂子はどうしとるな？」

「お部屋にひっこんで雑誌をよんでいたわ。すぐには用事がなさそうだから、こっちに来たの」

信子も桂子には遠慮して、ここでアブラをうるとき身を隠すようにしている。その様子を見て、安之助は胸の中に暖い空気が流れこむようだった。彼女が自分の傍に忍んで来ているような気さえした。

「おじいちゃん、甘いものが好きね？」

「うむ、若いときから酒を呑《の》まなんだからな」

「それでだわね。この前、おじいちゃんが角の駄菓子屋さんの店さきで菓子をたべてたのを見たわ」

「へえ、おまえ、知ってたのか」

「それだけじゃないわ。五町ぐらい先の店でアンパンをむしゃむしゃ食べてたじゃないの」

信子は、くっくっと笑った。

「なんでも知っているんだな。おまえ、奥さんには告げ口しなかっただろうな？」

「云いませんよ。おじいちゃんが隠れてそんな買い食いをしていることぐらい知っているからね。わたしだけじゃないわ。近所の人にはみんな分ってるわよ」

それほど近所の評判になっていながら、桂子が特に叱らないところを見ると、誰もがこっちの家庭の内情を察して桂子に教えないのであろう。

「おじいちゃんも可哀想ね？」

「ふうん、そう思うかい」

「でも仕方がないわね。旦那さまが大学の先生だから、そのお父さまが駄菓子の買い食いするのじゃァ困るわね」

信子はおかしそうに笑ったが、さすがに、どうして奥さんがおじいちゃんのために適当な間食の用意をしないのか、とは訊かなかった。それでは奥さんの批判になって悪いと思ったからであろう。

「奥さんと旦那の間は、近ごろどうだい？」

と、安之助は、上の歯齦《はぐき》にべっとりついた今川焼の餡《あん》を舌の先で廻しながら舐《な》めて訊いた。買い食いは安之助にとっても弱味だったから話を変えた。

「仲がいいわ。おじいちゃん、分らないの？」

「こういう隅に引っこんでいると、何も分らないよ」

と答えたが、秀人と桂子の間がだいぶん復調していることは安之助も気づいていた。気の強い桂子だが、秀人に誤魔化されたのかもしれなかった。桂子があんまり荒れるのも迷惑だが、夫婦仲があっけなく元に戻ったのもいまいましかった。

信子は、さあ大へんだ、こうしては居られないと云って立ち上った。安之助が、また来なさい、というと彼女はそうすると答えて、ぱたぱたと老人部屋を出て行った。

安之助はだんだん元気が出てきた。あんな醜い女だが、可愛いところがある。第一、今までの女中で桂子の眼にかくれても自分の相手になってくれた者がいただろうか。みんな桂子の云いつけ通りのことだけを言訳みたいにちょっとするだけで、安之助の世話から逃げ廻っていた。それなのに、信子は自分から積極的に何でもしてくれる。

いつか桂子が安之助に、

「おじいちゃん、信子さんはいいわね、よく面倒を見てくれるじゃないの？」

と揶揄《やゆ》するようなうす笑いで云ったものだ。安之助は、うむ、と口の中で生返事をして新聞から眼をあげなかったが、心の中では、何を云う、舅《しゅうと》の世話はお前さんの務めではないか、信子が来て喜んでいるのはそっちのほうだろう、と云い返していた。

たしかに信子がきてから、安之助の顔色もよくなってきた。前には朝起きても顔を洗うことも少く、どす黒い顔をして眼脂《めやに》をいつも溜《た》めていたが、自分でもそれは気をつけてよく洗うことにした。眼脂は昼間でも出るので、信子を呼んでおしぼりで拭かせた。そういうとき、信子の顔が彼の鼻の先にあって彼女の吐く息が微風のように安之助の口のあたりにかかるのだった。

信子は百姓出だけに力があり、ごしごしと拭いてくれ、腕は赤味が漲《みなぎ》り、見ただけでいかにも弾力がありそうだった。指を一本一本、ふいてくれるのも丁寧で、片手は彼の腕をしっかりと握り込んでいた。

安之助は、毎日のように信子を間食の使いに出した。信子も桂子には秘密にして注文の品を買ってくる。彼は、彼女が相変らずこの部屋で桂子にかくれて、饅頭《まんじゅう》や今川焼やアンパンを食べてくれるのに満足した。お互が共同の秘密を持ったような気がして、いよいよ信子と自分とが隠れた仲のような心持になった。

例の毒掃丸も信子に買わせた。

「よく毒掃丸が要るのね。おじいちゃん、どこが悪いの？」

「うむ、歳をとるとな、いろいろなところで調子が悪くなる。この薬がわしには一番よく合うでな。おかげで、近ごろは元気になったようじゃ」

「ほんとね、わたしがここに来たときよりずっと顔色がよくなったわ。この前も奥さまがそんなことを云ってらしたわよ」

信子は丈夫そうな前歯でせんべいを音たてて砕いて云った。安之助は、桂子がそう云ったのなら、見ないふりをしていても、やっぱりおれを観察しているなと思った。

ただ、その言葉でこっちの気持まで桂子に推察されたような気がしてたじろいだ。桂子の気の廻《まわ》しかたが早いのは知っている。

せんべいを買ってくるのは信子の注文だ。安之助には堅くて歯が立たず諦《あきら》めていたものだが、熱湯にせんべいを浸して食べると歯がなくても食べられると信子はいった。実際に信子は熱い茶をこまめに沸かしてきた。このような誠意はとても桂子にはない。

ふしぎなもので、はじめのうちこそこんな器量の悪い女も珍しいと思っていた信子が、安之助には次第に気にならなくなったばかりか、だんだんに魅力的に見えてきた。なるほど、女は顔だけで美人不美人は決められない、心のきれいな女だと顔まで美しく見えるものだと思った。そして、もっと奇妙なのは、年齢の距離感がだんだんに除《と》れてきたことだった。安之助のほうが若くなったというよりも、信子が彼の年齢に接近してきたように思えた。

またしても自分に金があったらと思う。しかし、それは夢でしかない。せめて一万円くらいでも、小遣いをあげるよと信子に渡したかった。だが、そんなまとまった金を得る途《みち》は例の筆写賃のほかは目当てがなかった。第一、近ごろは、間食代も二人ぶんに近いから出費がふえてきた。夜中にノートをつけるときの数字にその実感が湧いていた。

　よし、少し奮励しようと安之助は決心した。早く金を手に入れて、いくらかでも信子にやるとしよう。収入の途を講じよう。

　その日は、少し頑張るつもりで前回の終りから書き継いだ。やはり死刑囚古河力作の手記の部分である。

「僕が婦人に接したる事ありや否やは僕を知る人の皆知らんと欲する所だらう。然し僕は之に答へないが、金力、権力、暴力の一を以て強姦した時あるか。僕は断じてない。然らば愛によつて結合せし事あるか。僕は只微笑するのみ。一白痴婦人、日本堤で十数名の車夫に輪姦せられたりとて世人皆驚く。されど吉原の女郎は幾百人の人に輪姦せられつつあり。僕は姦淫を定義して『姦淫とは一方愛情あるも一方に愛情なき時の交接を言ふ』となす。されば嬶《かかあ》が色男をこしらへたりとて、之を姦通だの姦夫姦婦だのと云ふのは間違つてゐる。嬶が本夫に愛情がなかつた時は本夫は嬶を姦淫して居るのだ。本夫が姦夫だ。之が真の姦通だ……」

　安之助は、ここまで写してきておどろいてペンを措《お》いた。註《ちゅう》を見ると、罫紙《けいし》に表紙とも二十一枚で毛筆で走り書きとある。題には「父へ送ル分、辞世トモ　僕」とある。

大げさに云うと、安之助はしばらく荒い息が鎮まらなかった。書いている理窟《りくつ》はさほどでもないが、用語が露骨で刺戟《しげき》的である。いうなれば下品である。野卑である。しかも死刑囚が実父に宛てた辞世の手記というにいたっては云うところを知らない。安之助は自分の長い教員生活の経験のせいか、このような字句に強い不快感を覚える。もっと遠まわしに上品に云える表現がいくらでもあるはずだ。抑制が少しもない。戦前は伏字で印刷されたものが多かったが、それでもそれらの原字はこんなにひどくはあるまい。

思うにこの死刑囚は低い教育しか受けていないのであろう。抽象的な語彙《ごい》を知らないのだ。それとも死刑が確定したので、この男、少々自暴自棄になったのであろうか。あるいは一世を聳動《しょうどう》させた大逆事件の被告として、後世にこの手記が発表されるのを予期し、わざと露悪的な字句を連ねて放胆なところを誇示するつもりだったのか。そういえば、この手記の中には「法律は僕の仇敵《きゅうてき》だ。法律は人を改悛《かいしゅん》せしむるためでなく復讐《ふくしゅう》だ」とか「僕は無政府共産主義者だ。然し、献身的なことは実際ようやらぬ。又、主義に囚《とら》はれても居ない」などという文句が見える。年少者の大言壮語というほかはない。こんな字句よりも「父上、母上、何卒《なにとぞ》御身体を御大切に被遊度《あそばされたく》、若《も》し霊あらば御健康を守つて居ります……ミキチャン　ツーチャン　左様なら」のほうが本当の彼の声であろう。――安之助は、ノートの文章を眼の前に置いたまま、身動きしないでそんなことを考えていた。

　安之助は、それ以上、すぐにつづきを筆写する気が起らなかった。こんないやらしい文章を写すと自分の手まで下卑に染まりそうだったが、まだ胸のほうはどきどきしていた。やたらと多い「強姦」の二字がどうにも眼からはなれなかった。

　彼は一時間前に信子が置いて冷たくなった茶を呑み、気分をおさめようと思った。こんな文字で妙な気持になるのは年甲斐《としがい》もないことであった。こんな男の書いたものに影響されるわけはないと思ったが、「強姦」の文字は筆者の教養や本体に関係なく、それ自体に感情を持っていた。安之助は長い間忘れていた昂奮《こうふん》のようなものが下腹のほうから起ってくるのを感じた。

　これに似た経験は、（少し色合が違うけれど）終戦から間もないときに一度あった。しかも、相手は桂子であった。秀人が学徒兵として南方に行ったまま帰らないとき、安之助は停年間際の校長として山奥の学校にいた。生徒の農家から少し分けてもらった土地に甘藷《かんしょ》や野菜を栽培したのだが、そこが高い山の斜面で、下から桂子と二人で肥桶《こえおけ》を担いで上ったり、水桶を汲《く》み上げたりした。女房が身体《からだ》が強くないし、百姓仕事に馴《な》れないので安之助はいつも嫁と共同の作業であった。たった二人で、森閑として人の姿のない山の畠《はたけ》に一日中居たものだが、あるとき水桶を天秤棒《てんびんぼう》でかついで斜面を上るとき、前の片棒を担っている桂子のモンペの紐《ひも》がゆるんで少しずりさがり、白い襦袢《じゆばん》がのぞいていた。うしろにいる安之助はそれに眼が吸いつき、それまで桂子を見てもなかった胸騒ぎが起った。

それからは、二人だけで畠にいることがなんとなくおそろしくなった。今まで何でもなく見過していた桂子の動作がいちいち眼を惹《ひ》いた。桂子が前かがみになって鍬《くわ》を打つときにひろがるふところやしゃがんで雑草をとっているときに張り出す臀《しり》のまるみが視線を射た。どうかすると、モンペの下に締めた赤い腰紐の端が露出していたりした。

よくあれで息子が復員して帰るまで無事に済んだものだと思う。桂子は安之助がそんな気持を起していたなどとは未《いま》だに知らない。腰のほうから頭に温度を感じさせる血が匍《は》い上ってきて、ひとりでに息遣いが激しくなったことを彼はおぼえている。

よくしたもので秀人が帰ってくると、嫁に対してついぞそんな感情は蘇生《そせい》しなかった。現在の桂子を見ていると、そんな気分になった相手が別の女だったような気がする。

いま、死刑囚の書いた野卑な文字を見てから、安之助はほんとに久しぶりに妙な昂進を覚えたのであった。――信子が居なかったら、こうはなるまい。

安之助がノートの筆写をつづけていると、信子が入ってきた。海老茶《えびちゃ》色のブラウスに黒のスカートは、いつもの服装《なり》だった。

「おじいちゃん、今から市場に買物に行くけれど、何か甘いものでも買ってこようかね?」

「そうだな。飴玉《あめだま》でも買ってきてもらおうか」

安之助は立っている信子を見上げた。淫靡《いんび》な文字を読んだせいか、彼女の顔が潑剌《はつらつ》と映った。

「飴玉かね。もう今川焼は飽いたの?」

「うむ。ここんところ、続いたからな。……そうだ、眼薬が切れていたな。あれを買って来ておくれ」

安之助は急に小さな計画を思いつき、財布から皺《しわ》になった五百円札をていねいに出した。それを渡すとき、信子のまるみのある指にふれたが、今までにない感度をおぼえた。信子はさっさと出て行った。――近ごろ、あの女の行儀が崩れたが、それも自分への親密さが加わったのだと彼は思った。

四十分ばかりして信子の声が遠い座敷のほうで聞えていたが、桂子も何か云っている。それきり声も跡絶《とだ》え、信子の姿もここに現れないところをみると、桂子からまた使いに出されたらしい。安之助は仕方なしに文字を書きつづけたが、なんだか意地悪く桂子に邪魔されたような気がした。今度は大ぶん時間が経つので、信子の戻ってくるのが待たれた。

字を写していても気持がどうも落着かない。十行書いて三字ほど間違えた。やっと信子が障子をあけて入ってきた。にっと笑いながらスカートの上につけたエプロンの下から眼薬と飴玉の袋とを出した。

「ご苦労だったな」

安之助は待ちかねたように云った。

「奥さまにつかまって、またお肉を買いにやらされたから、暇がかかったわ」

「肉？　朝、御用聞きが来たのに、わざわざ買いに行くのは、今夜何かあるのかな」

「旦那さまのお友だちが急に二人見えるんだって」

「ふむ」

秀人夫婦が何をはじめようと、こっちには関係がない。信子は、その支度で忙しいと云って飴玉の袋を置いた。

「桂子はどうしている？」

「いま、頭を直しに美容院へ出かけられたわ」

「なんだ、留守か」

「一時間くらいかかるわね。わたし、用意でばたばたしなくちゃなんないわ」

桂子が居ないならちょうどよい。安之助は気分が軽くなった。

「ちょっと、その眼薬をさしてくれないかな」

「また眼が悪くなったの？」

「うむ。霞《かす》んでどうもいかん」

「小さな字を書いてるからだわ」

信子は、函《はこ》から点眼薬を出し、安之助の傍《そば》にきた。彼は仰向いて顎《あご》をつきだした。

信子の顔が真ん前に迫っている。よごれた、二つの鼻の孔《あな》がまる見えだった。

安之助は信子に手記の卑猥《ひわい》な文章を読ませたかったが、あまり教育のない女だから、文字を見ても感興を起すことはあるまい、と思いとどまった。文字に馴れていない人間には、文字の感情が伝わらない。

安之助の顔の上に信子の顔がいっぱいにひろがり、少し開いた厚い唇からは呼吸《いき》するたびに口臭が洩《も》れた。その臭いが彼には厭《いや》だとも何とも感じられず、かえってこっちから吸いこみたいくらいだ。と、思っているうちに眼の中に冷たいものが滲《し》みて、信子の顔が水の中に溶けた。

「おじいちゃんの眼、大きいわね」

「そうか」

「薬、滲《し》むかね?」

「そうでもない」

「じゃ、もう一滴入れるわね」

信子は、もうひと膝《ひざ》、前に進み出た。ちょうど安之助の胸のところに中腰に膝を折っている彼女の腹の部分が当った。そのふくらみがブラウスの下から弾みをつけて押しつけられてきた。安之助が少し身体を前に出すと、その弾力がもっと直接なものになった。彼女が遁《に》げようとはしないので、安之助は胸が高鳴ってきた。

いっそ、このまま片手を信子のうしろ腰に当てて引寄せたらどうだろう。彼女は騒ぐだろうか。それとも、にやにや笑って彼のほうに崩れ落ちるだろうか。どうも、あとの場合に可能性があるような気がするが、決断がつかなかった。拒絶されると、この女は力が強いから、みっともないことになりそうだ。その上、遠慮もない声を上げそうである。こちらは年寄で、とても捻《ね》じ伏せる腕力はない。そんな思案の間にも、信子はまるい膝まで押しつけてくるので、彼の心臓の鼓動はますます高くなってきた。

「あら、どうしたの、おじいちゃん。息が荒くなったようよ」

涙がおさまると信子の顔が少しずつはっきりしてきたが、怪訝《けげん》そうにこっちを覗《のぞ》きこんでいた。

「そうか。眼に薬を入れられるのは、あんまり気持がよくないからな」

「おじいちゃんのような年寄でも、自分の身体が大事なの？」

「そりゃいくら歳を取っても、早く死ぬのはいやだからな」

「そんなら、わたしたちが健康に気をつけるのは当り前ね」

信子は手拭で安之助の瞼《まぶた》を押え、涙を拭いてやると、さあ、これから忙しいわ、と、のほほんとした顔で、あっさりと立った。立つときにスカートがめくれて、肉色のストッキングの太腿《ふともも》がのぞいた。

安之助はしばらくぼんやりした。信子と二人で食べようと思っていた飴玉も袋のままそこに置いてある。やがて、台所でことことと庖丁《ほうちょう》の音が聞えてきた。

安之助はなんとなく気落ちがした。筆写にとりかかる気力も失った。すると、いま信子が云い残した、おじいちゃんのような年寄でも自分の身体が大事かという言葉が蘇《よみがえ》ってきた。死ぬのはいやだが、このさき、秀人や桂子に厄介もの扱いされながら生きて行くのも望みがないようである。あとどれぐらい生きられるか分らないが、何年生きても、やはりこの四畳半で毎日ごそごそとうごめいているだけであろう。寝床の中に腹匍《はらば》って煙草を吸いながら、昔のことや、死んだ女房のことをうつらうつらと思い出すのが精いっぱいだろう。そのうち脚も動かなくなるから、今のように外を出歩くこともできなくなる。

それに引きかえ信子はまだ三十七だから、これから先の希望がある。さっきの言葉でも、幸福を将来にかけているような感じだった。あんな器量の悪い女でも、そして鈍感な女でも、二度目の結婚生活を空想しているらしい。たとえ結婚ができなくとも、世の中には男も多いことだから、自分を相手にしてくれる人間が現れて、テレビに見るような恋愛を仮想しているのではあるまいか。すると、安之助は、さっき信子の腹や太腿が自分に押当てられたときのときめきがにわかに立消えてしまった。胸に残るのは空疎からくる気落ちだった。

こんな心持になると、今度は古河力作の手記にある「私は非墳墓論者ですから、墓は建てて欲しくありませぬ。法事も要りませぬ。其等の費用で何かおいしい物でも食べて頂いたはうが私は嬉しう御座居升《ございます》」という一句に共感を覚える。おれも墓など造ってもらわなくともよい。いま婆さんの墓が秀人の手で小平《こだいら》のほうに建てられているが、あんな小さな坑《あな》に骨を納めてもらう必要はない。但し、その費用でうまいものを買わせるとしたら、やっぱり信子に好きなものが買える金を与えたい。たとえ、そのとき、あの女がこの家に居なくとも、その行先を誰かに訊《たず》ねさせて金を届けてやりたいくらいだ。こんなことを遺言状に書いたら、秀人も実行せざるを得ないだろう。

索漠とした気持から、安之助は老人部屋からのこのこと匍い出して台所に行ってみた。信子はひとりで白菜を水で洗っている。量がいつもより多いのは今夜の来客用とみえた。

「おじいちゃん、何か用なの?」

信子が濡《ぬ》れた両手を宙にあげて振返った。

「いや、何でもない。水を一ぱい飲ましてくれんか」

「さっき眼薬をさすときおどおどしたから、心臓にこたえて咽喉が渇くのだわね」

信子はコップを蛇口の下に当てると、勢よく水を入れた。それをとんと安之助の腰かけている前のテーブルに置いて、また仕事のつづきにかかった。さっきの気持はこっちのひとり相撲で、相手はまったく無関心だった。

安之助はあまり欲しくもない水を半分飲んで椅子にじっとしていたが、老人部屋に引込むよりも、こうして信子を見ていたほうがずっとよかった。たとえさっきのことがこちらの独り相撲に終ったとしても、まだまだ先が長いことだから、ああいう機会はたくさんある。

忙しげに働いている信子と取止めのない話を交しているうちに、さきほど陥っていた味気ない気持がだんだんに癒《なお》ってきた。だが、折角、そんなふうに気分をとり戻したときに、桂子が外からそそくさと帰ってきた。桂子はそこに舅《しゅうと》が居るのを無視して

信子と料理のことを打合せしていた。安之助がもじもじして、そろそろ部屋に引揚げようと思っていると、

「おじいちゃん、そこ、どいてちょうだい。忙しくなったんだから」

と、桂子はばたばたとその辺を片附けはじめた。安之助は桂子に自分の気持を見抜かれたような気がしててれかくしに、よいしょ、と掛け声といっしょにテーブルに両手を突き、椅子から腰を重そうに上げた。

その晩、安之助は廊下に佇《たたず》んだ。毎夜、一時ごろにきまって小便に起きるが、今晩はそのまま玄関に近い四畳半の近くまでこっそりと来た。今まで、ついぞ女中部屋を意識したことはないが、今夜は宵に寝るときからこれを思いついていた。

廊下にはうす明りの電燈がついていて、部屋の襖《ふすま》は暗く締められている。内から信子の寝息が聞えそうだった。いや、実際に聞えているかもしれないが、耳が遠いので分らないのだと思った。信子の寝姿だけが眼に泛《うか》ぶ。仕切りの襖は内部から挿込《さしこ》み錠がついているので、外から手をかけただけでは開きそうになかった。信子を起すとなれば、その襖を叩《たた》くよりほかなかった。

そうなると、まだ事態を気づかぬ信子が大きな声で返事して襖を開けるだろうから、二階に寝ている秀人夫婦に聞えるかもしれない。孫二人は近くの部屋に寝ているので、これにも分るかしれない。期待は、信子が、その挿込み錠をかけていないで寝ていることだ。それなら外から襖がそっと開けられる。

しかし、たとえ挿込み錠が掛けてあっても、二階に分らないように信子が起きてくるような気もするし、それに、襖に手をかければどうせ物音がするから信子が眼をさますことには五十歩百歩のような気もする。安之助は、襖の傍に行こうか行くまいかと、廊下を短く歩き廻っていた。心臓だけが速く搏《う》っている。

古河力作の筆写からどうも変な具合になったと安之助は自分でも思った。これまで一度もなかったことだが、それは今まできていた女中がみんな若すぎたからで、信子のような適当な歳のものがいなかったのだ。それに、あの女は少々無知だから、何をしてもそれほどおどろきはしないと思われる。安之助は教員時代に地方を転々として、山村に旧《ふる》い風紀の乱れが残っているのを知っていた。信子のいた前橋の田舎もそうではあるまいか。それなら、こっちで遠慮することもなさそうだ。

安之助が思い切った行動に出ることができず、まだ躊躇《ちゅうちょ》していると、急に二階を降

りてくる足音が起った。彼は狼狽《ろうばい》して台所に入った。そこに桂子がうしろからのぞいて、

「だれ？　おじいちゃん？」

と声をかけた。

「うむ」

「階下《した》のほうで足音がしていたから、泥棒でも入ったのかと思ったわ」

桂子は寝巻の胸を押えていた。

「咽喉が渇いたから、水を飲みに来たのだ」

安之助はそのへんに伏せてあるコップを取って、わざとのろのろと蛇口へ近づいた。

「それならいいけれど……あまりウロチョロしないほうがいいわ。暗いから足もとが危いわよ」

桂子は云い棄てて、階段をとんとんと鳴らして上って行った。

安之助は実際にコップの水を呑み干して、動悸《どうき》を抑えた。こんな時刻に桂子が眼を醒《さ》ましていたとは知らなかった。安之助の足音は小刻みだから、彼女に判断はついたはずだ。女中部屋の方向にその縺《もつ》れた足音が往復していたことも桂子には分っていた

のであろう。泥棒かもしれないと云ったのは彼女の皮肉なのだ。——安之助は二、三度太い息を吐いた。

台所に牛肉の匂いが漂っている。今夜客を呼んで馳走《ちそう》した残りである。見ると、鍋《なべ》の中に食べ残しの肉が黒くなって、底のほうに玉ネギのかけらとともにこびり附いていた。彼は急に空腹を感じ、電気釜《がま》の底から冷たくなった飯を茶碗に移し、その上に残り少ない肉の汁をかけた。立ち食いだった。歯が無いので肉までは食べ切れない。うまかった。

蒲団の中にもぐったが、こうなると早く信子にまとまった金を渡したくなった。どうせあとでやるつもりでいるのだから、先にやって喜ばしたほうがよい。筆写料三万円のうち三分の一を秀人から先取りしようと考えついた。彼は、女中部屋の前をうろついただけでも、その間は信子と一しょに居たような意識になっていた。

朝、秀人が学校へ出る前に金のことを申込もうと思い、まず桂子にそれを話した。

「一万円も何に使うんですか？」

と、果して桂子はおどろいて訊《き》いた。

「少し入用があってな。筆写料の前借りじゃ」

「だから、何が要るんですか？　欲しいものがあったら、こちらで買って上げますよ」

「そうしてもらわなくともよい。おれが気楽に買ってみたいのだ」

「まさか一万円も一どきにアンパンや菓子を買うんじゃないでしょうね？」

「そんなバカなことをするもんか」

桂子は秀人のもとにそれを告げに行った。今度は秀人もやって来た。出勤前で、ちゃんと背広をきている。ネクタイが新しい。

「桂子から聞いたけど、一万円はどういうことに使うんですか？」

秀人は硬い表情で訊いた。

「すまんな。おまえの頼みで記録を筆写しているが、前渡しとしてそれだけ渡してくれ」

「それは分ってるけど。どうせあとでお父さんに上げるもんだから出すには出すがね、問題は、その使い途《みち》ですよ」

「おれが働いて取る金だから、気儘《きまま》に使わせてほしいんだ。使い途は云いたくない」

桂子が嗤《わら》うような眼つきで秀人の横顔を見た。

「云えない？」

「死んでも云えない」

「まあ、大仰《おおぎょう》ね、おじいちゃん」

横で桂子は笑い出した。

「ねえ、あなた、これほど熱心なんだから、黙って出してお上げなさいよ」

「うむ」

秀人はしぶしぶ懐から折りたたみの財布を出して、一万円札一枚を安之助の手に渡した。

「ありがとう」

安之助は推しいただいた。

「その代り、おじいちゃん、筆写のほうも早くして下さい。ノートをお借りした先に期限を切ってるんですから」

桂子が口を入れた。

「それは分っとる」

「字を間違えないで下さいよ。どうせあとでわたしが読み較べをしますけどね」

桂子が余計なことを云うのは、前取りで一万円とられた厭《いや》がらせであろう。日ごろから秀人の仕事の手伝いもしない女が筆写の読み較べもないものだ、と安之助は思った。しかし、金を貰ったから、あまり文句を云わないことにした。

二時ごろ、待ちかねていた信子が入ってきた。この時刻は孫も学校から帰らないし、桂子も二階に上っていることが多い。

「おまえさんになあ」

安之助は歯のない、洞穴のような口をいっぱいに開けて、もらった一万円を信子の前に出した。

「何か買ってやりたいが、年寄のことでよう分らん。これを何かの足しにしてくれ。少のうて気の毒だがな」

信子は細い眼を大きく見開いて、

「どうしてわたしにこんなことをするの？」

と、びっくりした顔で見返した。

「おまえさんがようわしの面倒をみてくれるからな、お礼心だよ」

「そんなこと当り前だから、気にかけなくていいわよ。これはおじいちゃんの小遣いにしまっておきなさい」

「ええんだよ。わしはまだ少しは金を持っとるからな。とにかくおさめておくれ。わしの気持だ」

「そう。悪いわね」

信子は、それをたたんでエプロンのポケットの中に入れた。少し俯《うつむ》いてくっくっと笑っている。

「これは家の者には黙っといておくれ」

「ええ、いいわよ。わたしだっておじいちゃんからこんなものを貰ったと云えば奥さまに叱られるから」

信子はかすかに笑っていた。それが実際にうれしいのか、それとも安之助にそんなことをされてくすぐったいのか、彼にはよく分らなかった。もし、後者だとすると、いかにも自分が子供じみたことをして信子に嗤われたようでもある。

安之助は机に向ったが、今度は秀人から金を先に貰った手前速度を上げなければならないと思った。だが、さっきの信子のうすら笑いがどうにも気になって仕方がない。老人のことだとして信子が笑って金を受取ったのか、実際に彼の好意を感じてうれしかったのか、判別がつかなかった。

けれども、信子は桂子に内緒で金をうけとったのだから、彼女にも秘密ができたことになる。二人の共通の秘密は、それだけ間が近くなったことだと安之助はまた胸が鳴った。

昨夜、女中部屋の前に佇んでいたことを信子は知っていないのかもしれぬ。あれが分っていれば、この金の意味もちゃんと呑みこむはずだった。こうなると、思い切って早く彼女に意思表示をしなければどうにも落ちつかないようだった。

安之助は、細かいノートの文字を眼鏡の奥で追いながら書き進んだ。何か生き甲斐が戻ってきたような気がする。そうだ、今度、信子に点眼させるとき、勇気をふるって行動に出てみようと決心した。それは点眼のあと、タオルでごしごしと指を拭《ふ》かせるときでもよい。ちょっとした接触を狙って、その手を握るか背中を撫《な》でるかしてみよう。反応がどう出るか分らないが、そういう企図を考えただけでも、長い間かさかさに乾いていた胸の中がじっとりとした湿りでふくらんでくるようであった。

その日、それを試みようと思ったが、夕方まで信子はこなかった。どこかに使いに出されたのかもしれない。声も聞えなかった。晩飯も桂子が運んできた。

「さあ、御飯ですよ」

桂子は畳の上にそそくさと膳《ぜん》を置いた。

「ありがとう」

と、向き直ったが、信子はどうしたとも訊けない。それでも探りを入れるつもりで、

「忙しそうだな」

世辞ともつかぬことを桂子に言った。

「ええ、信子さんに買物に行ってもらったから」

どこに行ったかと訊けば、あまり彼女を意識しているようで桂子に気づかれそうだから、安之助は黙っていた。信子が遠い所に行ったとなると、あるいは渡した一万円を持って街へ何か服装品でも買いに行ったのかもしれない。

彼女が戻ってきたら顔を出すだろうと思って心待ちにしていたが、とうとう八時ごろまで姿を出さなかった。安之助は枕に片頬をつけた。横を向いて睡《ねむ》るときは、涎《よだれ》が流れて枕がねばねばと濡れるのだった。

安之助は、その晩も一時ごろに眼が醒めたが、寝る前から考えたことが途端に胸の

動悸を掻立《かきた》てさせた。

彼は寝床を匍い出し、壁に片手を押しあてながら便所に行った。ここまでは二階の桂子に知られても平気だった。問題は、ここから信子の寝ている女中部屋の前に足を進めることだった。桂子に気づかれると困る。しかし、そう二晩もつづけてこの時刻に眼がさめることはあるまいと思い、ゆっくりと足音を消すようにして歩いた。

信子の顔を昨日の夕方から見ていないので、安之助は無性に遭いたかった。襖の外からでもよい、その声を聞きたかった。あの部屋に入れさえしたら、あとで桂子に分ろうが、そのときはそのときだと思った。もう、どっちでもよかった。これだけ生きてきたのだから恥も体裁もない。いまさらおとなしくしていて、秀人や桂子に可愛がられようとは思わないし、また、可愛がってもくれまい。まさかのときは、こっちから居直るまでだと彼は思った。

なに、秀人だって何をしているか知れたものではない。研究の資料調査と称して女を連れて廻っているのかもしれない。この前、桂子がそれに勘づいて秀人との間に争いがあったようだが、現在は小康状態とみえる。秀人だってしかつめらしい顔つきをしているが、女関係で他人を非難する資格はないはずだ。おれが居直っても不都合はあるまい。——安之助はそう覚悟すると、いくぶん落ちつきが出た。

しかし、女中部屋が近づくにつれ、動悸がひとりでに高くなってきた。信子に対する決行が逼《せま》ってきたことと、やはり二階への怖れがあるからだった。

廊下はいつも小さい電燈しかついていないので暗かった。安之助は眼が悪いので足もとまではよく見えない。心がわなないて横の壁に当てる手が宙に浮きがちであった。すると足さきに何かが当った。いけない、と思ったときには、もう身体が云うことをきかずに前に倒れかかった。廊下の板に鼻を打った痛さよりも、大きな音がしたことで破滅を感じた。

ごそごそと匍い起きようとすると、がたがたと二階を駈け下りる足音が聞え、桂子だけではなく秀人まで一しょにやってきた。

「おじいちゃん、どうしたの?」

傍に来て桂子がしゃがんだ。秀人は頭のところで突立っている。安之助はまた身体を廊下に伏せて、うむ、うむ、と大きく唸《うな》った。

「どうしたのよ、こんな所で?」

桂子が背中から両脇に手を入れて抱き起そうとしたが、安之助は両脚をべったりと廊下につけていた。

「危いわね。だから、あんまり妙な所をうろうろしないでと云ったのよ」

桂子が妙な所と云ったのが安之助にはこたえた。桂子は彼がなぜこんな所に来ていたかを察している。安之助はよけいに身動きしなくなった。

「立てないんですか?」

「脚の骨が折れたらしい」

「折れた? ほんとですか?」

「脚が動かん。医者を呼んでくれ。痛くてたまらん」

桂子が横にいる秀人に、あなた、どうしましょう、こんな夜更けにお医者が来て下さるかしら、などと相談していた。

「おじいちゃん、明日の朝まで辛抱できる?」

秀人が冷たい調子ではじめて口を利いた。

「辛抱できん。痛い、痛い。医者がこなかったら、救急車を呼んで入院させてくれ」

「まあ」

桂子が呆《あき》れたように安之助の身体から手を放した。二人とも安之助の大仰さを察して騒ぎはしなかったが、困り切っている。ほんとに骨が折れたかもしれないという心配よりも、実際にそうだったとき、あとで不十分な処置を他人に非難されるのを怖れているようだった。安之助は腹の中でおかしくなったが、信子が今に女中部屋から出てくるだろうと思った。こんな騒ぎをいくら熟睡していても知らぬはずはない。彼はわざと大きな唸り声を出した。しかし、どうしたことか信子は出てこなかった。その代り、二人の孫が顔をのぞかせた。

あんまりそこに頑張ってもいられないので安之助はいい加減なところで妥協し、秀人と桂子に両方から抱きかかえられるようにして老人部屋に引込んだ。おじいちゃん、身体が大きいから重いわ、と桂子がぼやいていた。

「おじいちゃん、明日の朝お医者さんが来るまで痛い所を湿布しましょうか？」

「いや、放っといてくれ。さわられるととび上るように痛い」

安之助は苦痛を耐えたように悲しそうな声を出した。

夫婦が二階に行ってから二、三十分の間、安之助が今の出来ごとを反芻《はんすう》していると、いつか睡ってしまった。眼が醒めたときは雨戸の間から明るい陽が射していた。必ず毎日巻いておく古い眼ざまし時計を見ると、すでに十時になっていた。雨戸をあけに来るのは信子の仕事で、その前、一度、安之助がまだ睡っているかどうかを確かめにくる。それで、もう彼女の顔が襖の外からのぞきそうなものとその足音を待っていたが、なかなかやってこなかった。耳を傾けると台所では音がしていた。朝の音は特別に澄んでいる。

昨夜のあの騒ぎのことで今日は桂子から厭味《いやみ》を交えた詰問に遭うかと思うと、彼は少々憂鬱だった。腹匍いになり、煙草を吸う。昨日転んで打った所は鼻のわきと膝頭だけで、そこに少しばかり痛みが残っている程度だった。

足音が近づいたので、彼はあわてて煙草を揉《も》み消し、仰向けになって眼を閉じた。足音が桂子だと分ったからである。

桂子は襖をあけて入ってくると、眼を閉じた安之助の顔を上から眺め、遠慮会釈なく雨戸を繰りはじめた。閉じた瞼を濾《こ》して光が視神経に溢《あふ》れてきた。

「おじいちゃん」と、桂子は枕元に来て声をかけた。「もう痛くないんですか?」

声に嗤いがあった。

「ああ」

医者を呼べば、この負傷程度が分るので、安之助は曖昧《あいまい》に答えた。

「お医者さまは要りませんねえ?」

桂子は見通したように云った。

「うむ」

彼は唸りともつかない声を出した。

「では、おじいちゃんに聞きたいことがあります」

桂子はぺたりと近くに坐った。その畳の響きで安之助が仕方なしに眼をあけると、今朝の桂子はエプロンをつけた甲斐甲斐《かいがい》しい姿になっている。おやと思った。と同時に、はっと胸にきた。桂子がこんな恰好でいるのは信子が居ないからだ。すると、訊《き》きたいことがあると開き直るのは、二晩つづいた夜中のおれの動作のことに違いない。桂子は信子を解雇したのだと彼は直感した。

「おじいちゃん」

桂子は声まで改めた。

「おじいちゃんは信子さんにお金をやったんですか?」

ふいに虚を突かれて安之助はうろたえたが、うむ、とか、あ、とか、どっちともつかぬ声を鼻から出した。

「いくらやったんです？」

どうして分ったのであろう？　いくら桂子の気の廻しようが早いといっても、そこまでは見破れぬはずだ。ははあ、信子がしゃべったな、と察した。仕方のない奴だ、あれほど黙っていろと言ったのに特に桂子に話したとは、田舎者はしようがない。

「一万円でしょ？」

「…………」

ごくりと唾《つば》をのみこんだ。

「変だわね、おじいちゃん。道理で一万円をわたしたちから先取りしたとき、使い途《みち》は死んでも云えないと云ったはずだわ。おじいちゃん、なぜ信子だけにそんなことをしたの？」

「可哀想だからだよ」

彼は低く返事した。

「へええ。今までずいぶんウチにお手伝いさんが来たけれど、今度が初めてだわね、そんな例なかったわよ」

「…………」

「あんまり変な真似はしないで下さいよ。うちには思春期の子供が二人もいるし、秀人の体面だってありますからね。もし、こんなことが世間に知れて、おじいちゃんが年甲斐もなくお手伝いさんを手なずけようとしたり、夜中に部屋に忍んで行くことが分ったら、秀人の学者としての権威も何も無くなりますからね」

桂子はそれだけ云うと、畳を蹴《け》るようにして起ち上り、

「信子さんは、昨夕《ゆうべ》限り、出てもらいましたからね」

と棄てゼリフを吐いて襖の外に消えた。

安之助は大きな物体で叩かれたように蒲団の中に身動きできないでいた。桂子の毒舌で嚇《かっ》と頭が燃えたが、一方では羞恥《しゅうち》が心を嚙《か》んだ。三十数年、教職に携ってきた身が考えられる。わが身の屈辱をこれほど味わったことはなかった。自分の起した恥ずかしい行為をどのような憤りに現してぶちまけてよいか分らなかった。「耳に淫声《いんせい》を聞かず、眼に淫語を読まず」だったか。そんな古人の格言が蘇《よみがえ》ってくる。

秀人は顔を見せない。桂子と二人で嘲《あざけ》っているに違いなかった。今後、彼が生きる限り、その愚弄《ぐろう》はつづくにきまっている。もう、この家にとどまっていられない気がしてきた。

そうだ、この家にはもう居たくない。桂子のやり方もあまりひどい。何も信子を断りなしに出すことはないはずだ。しかも、おれには信子の挨拶も遮断《しゃだん》した。あれは桂子の面当てなのだ。秀人の体面をそんなに考えるなら、自分が居ないほうがよいわけである。

家を出ようと考えたとき、安之助は急にひろい天地に解放された気になった。どこで野垂死をするか分らない悲壮感はあったが、残りの一生をこんな家に邪魔もの扱いにされながら生きながらえることはないと決心した。

出るとしたら、さし当りどこに行こうかと考えたとき、俄《にわ》かに信子の郷里前橋が頭に泛んできた。信子は一応そこに戻っているかもしれないのである。そう思いつくと、安之助はこの家を出るのがかえって愉しくなってきた。前橋は狭いから訊けば信子の家が分ると思った。ひさしぶりに列車に乗るのも愉しい。老人のひとり旅なら、車掌や乗客も親切にしてくれるだろう。信子の家を訪ねて、彼女に世話をされている自分を空想した。近くの史蹟《しせき》も信子の介添で歩いてみよう。知らない土地を家まで辿《たど》りつくのが大変だが、なあに、駐在所もあることだし、途中で気分が悪くなったり、歩けなくなったら警察に頼みこめばよい。年寄に不親切にする道理はなかった。――待てよ、そうなると、自分の身元を聞いた警察が秀人の学校か、この家に連絡するのではなかろうか。秀人も桂子も困惑するに違いない。近代史を講ずる大学の先生の老父が浮浪人のようにふらふらと歩いていたのでは面目があるまい。桂子が泣き顔になって東京から身柄引取りにくる光景まで想像が発展した。

出るなら桂子の留守だ。自分の行先を探すなと置手紙をすることである。秀人も桂子も狼狽するにちがいない。しかしそれは大学の助教授という秀人の世間に対する体面上からだ。こっちの身を思ってのことではない。あわてるならあわてるがよい。

さて、どういう身廻り品を持って出ようかと考えたが、何はともあれ、自分の小遣帳兼日記帳になっているよごれた大学ノートだけは忘れまいと思った。

遺墨

神田の某古書店から古本市の目録が出ている。二四〇ページの部厚さで、古書籍のほかに浮世絵などの版画や江戸期いらい現代までの書画も収録され、その一部はアート紙で五〇ページにわたる巻頭の写真版となっていて、豪華なものである。

その中に「名家筆蹟《ひっせき》」という欄があり、画幅、書幅、草稿、書簡、色紙、短冊の類がある。専門画家や書家の筆のほか、政治家、軍人、宗教人、文士、評論家の書いたものが多い。もちろん物故者がほとんどである。

競売の目録ではないから各点ごとに値段がついている。この値段と筆者とをくらべて見るのは興味がある。画家や書家は別として、当時権勢ならびなかった政治家の書幅のほとんどは安い値である。軍人の書幅が軒なみに下落しているのは仕方がない。総じて値が高いのはいわゆる文化人の筆蹟だが、これにも微妙な差があって、たとえば生前に高く評価されていた文士のものが案外に値が低かったり、どちらかというとおおかたの批評家などに無視されがちだった不遇な人のに高い値がついているのは、いわゆる「棺《かん》を蓋《おお》いて事定《こと》まる」（生前の名誉や悪口はアテにならない）を、そのまま値段の数字にあらわしているようで興趣がある。

いま、その「名家筆蹟」の欄を追った人は「呼野《よびの》信雄・風籟帖《ふうらいちょう》」というのが眼につくだろう。その説明が小さな活字で付いている。「博士が折々の感想を短文に記し、これに即興の水墨画を添えたもの。半紙半分大。肉筆。二十一枚を一帖に仕立ててある。帙入《ちついり》」

呼野信雄は約十年前に六十七歳で死去した哲学者である。西洋哲学から東洋哲学を分析した著書が基本的な業績だが、若いインテリや学生層に人気を得たのは東洋美術に関する随筆である。そのそこはかとなく甘い憂愁を含んだ文章は、とくに女子学生や若い女性に迎えられ、当代の人気をあつめたものだった。出すたびに著書はかならず版を重ねた。

呼野信雄の墓は都心から遠くはなれた禅寺の境内にある。周囲は竹林で知られている。竹林から漉《す》ける神秘的なまでに蒼白《あおじろ》い月光の繊維は瞑想《めいそう》的な哲学者の墓にふさわしい。

しかし、その呼野博士の肉筆の随想集、しかも自画まで添えた珍重すべき本は、五

○ページにわたる古書目録の別刷写真版の中には見えない。

向井真佐子が呼野信雄と初めて会ったのは速記者としてであった。博士が五十八歳、真佐子が三十歳のときであった。ある出版社の対談に、所属する速記所から派遣されたのだが、その速記の取り方が正確だというので、以後呼野信雄の出る対談とか座談会とかには博士の希望としてかならず真佐子が指名された。

話の内容は性質上学術用語に近いものが多い。馴《な》れない速記者は、そこを間違えた文字で書いたり、理解できない箇所を空白のままにして校正の際に発言者に記入させるようにしている。そういう速記を呼野博士は不愉快がっていた。真佐子の正確な復原が呼野を喜ばしもし、彼女の入念な仕事ぶりが気に入りもした。

三度目くらいの座談会の席で真佐子が呼野に会ったとき、あなたはどこの大学で何を専攻していたの、ときかれた。真佐子は赧《あか》い顔になって高校だけです、と小さく答えた。呼野は温和な顔におどろきを見せ、よく勉強したものですね、と感心した声で言った。いいえ、勉強はしませんが、先生のご本が好きでよく拝見しているものですから、お話しなさることがわりと理解できます、と真佐子はいった。呼野は一瞬てれた表情になったが、うれしそうであった。

呼野にそう言われた真佐子は博士の著書をますます読むようになった。その本来の学問である哲学書のほうは理論や語彙《ごい》などが難解でついてゆけなかったが、東洋美術関係のはいわば教養書であり、文章も平明で引例もわかりやすかった。東洋美術はつまりは中国の上代美術であり、それが日本の飛鳥《あすか》・奈良文化に深くかかわってくる。思想的には仏教であり、それがまた降《くだ》っては「禅」の神秘哲学を説くことにもなる。

こういうといかにもかたくるしい本に聞えるが、呼野信雄の文章は平明というだけでなく、独特な情感が流れているのである。そこには哲学者の主知主義よりも文学者としての主情主義が前面に大きく出ていた。評者によっては、それをロマンティシズムの感情過多とか、婦女子むきのセンチメンタリズムの大げさな身ぶりだとかいって批判するけれど、その特徴がまた若い読者層をひろく獲得していることに間違いはない。

それに呼野信雄は謹厳な学者で知られていた。写真で見るその風貌《ふうぼう》は雪のような白髪をもち、眉《まゆ》うすく眼はやさしげに細まり、鼻筋が徹《とお》っていて、いくらかうすい口もとはおだやかに締っている。そこには西洋的な理智と東洋的な瞑想《めいそう》とが渾然《こんぜん》と融合し、礼儀正しい中に魅力的な強い主張がなされているように見えた。著者の写真も、とくに新聞広告などに使われる顔写真などは、その著書の傾向をムード的に反映するものとして、その日常的な人格と共に大切なのである。

呼野博士はまた東洋的瞑想の帰結として「孤独」の哲学を愛した。だから西行や芭蕉がしばしばその本に登場してくる。法隆寺や秋篠寺《あきしのでら》の美に注ぐ情熱的描写と同様に西行の世を遁《のが》れていいかになりゆくわが身なるらむの旅、芭蕉の旅寝重ねる秋の暮れの境涯に深く立ち入ってゆくのである。このことも抒情性《じょじょうせい》を好む子女の気持をつかんだ理由であった。

真佐子は高校を出るとデパートにつとめるかたわら夜間に速記所に通って速記を習った。二十一のとき職場結婚をしたが夫に女ができて一年半で離婚した。それからは自活できるように一心に速記を勉強した。速記は長い練習と根気とを要するのだが、再婚を諦《あきら》めた彼女は生活をこれにかけた根性から早く一人前の腕となった。いまではその速記所でAクラスである。

呼野信雄の著書をよく読んでいると彼に言ったのは嘘ではなかった。彼女もまた呼野の書く文章とその世界に魅せられていた。離婚後の孤独な心が、呼野著書に見る

「孤独な魂」に惹《ひ》きつけられたのである。その東洋哲学的な瞑想、古代精神への憧憬《どうけい》、巡礼者にも似た宗教的な美への歴程、そうしてリリシズムゆたかな描写とその詩人的な情熱に蠱惑《こわく》された。彼の使用する語彙と用語、それは著者の好みなのだが、愛好者にとってはそれがいいようのない愛誦句《あいしょうく》となる。初めて呼野信雄の対談に呼ばれてその速記をとり、文章そのままといっていい呼野の発言を正確に文字に復原し得たのもそうした下地があったからだった。

呼野に指名されて真佐子は感激したが、その呼野が座談会などで出席者に、この女性はじつによく勉強していますよ、こういう速記者は近ごろ珍しいです、仕事がとても叮嚀《ていねい》です、などと吹聴《ふいちょう》されるのには身が縮んだ。博士にはそういう子供ぽいところがあった。

一年ぐらい経って、ある出版社の主催で京都で呼野博士の講演会があった。その社では呼野信雄講演集の出版を企画していたから、博士の強い希望もあって速記者として向井真佐子に同行を依頼した。女速記者が泊りがけで地方に出張することは稀《まれ》にはあった。たいていは男の速記者だが、速記所にとって長い顧客であり、先方が確かな会社だと女速記者を出さないことはなかった。真佐子を指名したのは謹厳で聞える呼野博士であり、彼女とは三十歳近くも年齢が開いている。真佐子もしっかり者であった。所長は博士に危惧《きぐ》はないとみた。

京都のホテルの食堂で呼野信雄は真佐子に昼の食事を馳走《ちそう》してくれた。そのとき呼野は彼女の生活や収入を遠慮がちに訊《たず》ねて、さらに遠慮深げに自分の仕事を手伝ってもらえないだろうか、と言い出した。

博士はその理由を語った。自分もようやく老境に入って眼が悪くなった。いまの状態では執筆が困難である。しかし、自分は死ぬまでまだ書きたいことがいっぱいある。執筆ができないならば口述するしかない。その口述の速記をあなたにやってもらえるとたいへん助かる。ついてはいまの速記所からあなたをよぶのは先方の仕事の都合もあろうし、こちらとしても不便だから、いっそのこと速記所を退《や》めて自分の仕事に専従してもらえないだろうか。そうなると毎日わたしの自宅に来てもらうことになる。自宅での仕事は速記のほかに資料や書庫の整理もおねがいすることになる。これも近ごろ年齢《とし》をとって自分には辛くなってきた作業だが、こっちの手伝いもやってもらうとたいへんにありがたい。あなたを見込んでたってておねがいしたい。もし自分が口述もできない状態になっても、あなたほどの腕なら独立自営の速記者として充分に成り立ってゆける。その際、自分も学界や出版社に働きかけてなるべく多くの顧客を世話できると思う。さてそれは将来《さき》のこととしても、当面わたしの仕事を手伝ってもらえないか。いまあなたが速記所で得ている給料の一倍半を報酬として上げたいが、どうだろうか。そう博士は言った。

真佐子が呼野信雄の顔を見るに、なるほど疲労があらわに出ている。五十九歳といえばそれほどの年齢でもなく、むしろこれからの活躍というところだが、ながい間の頭脳労働の連続からか、博士の面貌にはじっさい以上の老化がすすんでいるようにみえる。がんらいが強健な身体《からだ》ではなかった。

しかもこの哲学者はまだ意欲の熾《さか》んなところを示している。眼が悪いためにその仕事が中断されるのはご本人にとってさだめし無念であろう。呼野信雄のファンにとっても残念である。わたしにその力があるなら、博士の手の代りになってあげたいと真佐子は思った。

わたくしにそんな重要なお仕事がつとまるでしょうか、と真佐子が自信なげに訊《き》くと、それはあなたの仕事ぶりを見ている自分のめがねにかなっていることだから大丈夫です、心配はいりません、不馴《ふな》れなところはぼくが教えますよ、と博士は言った。真佐子は、しばらく考えさせてください、あまりに重大なことを突然言われて心の準備ができていないし、いままでお世話になった所長さんにも相談しなければなりませんので、と言ったが、心はもう決っていた。

呼野信雄の家は、まだ旧郊外の面影が残っている北区のはずれにあった。住宅地が押しよせている中で、江戸時代からの由緒ある寺の広い寺域があってその武蔵野《むさしの》の叢林《そうりん》が閑寂を維持していた。その家は雑木林の小径《こみち》の奥にあり、博士好みの質素な日本建築だった。二階建ての母屋《おもや》が小さいのにくらべて隣り合った土蔵造りの書庫が大きかった。

真佐子が初めて呼野家を訪問した日、梅雨に入る前のうす曇りの空だったが、博士から夫人を紹介された。上背《うわぜい》のある大柄な女だった。五十半ばくらいで、眼窩《がんか》がくぼみ、頬の骨が張っていた。くぼんだ眼をかくすように銀ぶちの眼鏡をかけ、白粉《おしろい》を真白に塗っていた。天候の加減で家の中がうす暗かったから、あるいは白粉が目立ちすぎたのかもしれない。夫人は陽気な声で、よろしくね、と挨拶《あいさつ》する真佐子に会釈したが、小娘でも見るように問題にもしていないふうだった。お手伝いさんは置かず、近くから四十女の派出家政婦が通いできていた。博士には二人の男の子と一人の娘とがあるが、いずれも結婚して他《ほか》に家を持っていた。

真佐子が来たことを呼野信雄はたいそうよろこんでくれた。

彼女の仕事場は呼野の書斎と、その次の控えの間のような小さな部屋であった。書斎は十畳ぐらいの広さの日本間を洋式にしてあったが、三方の壁は窓を除いて天井の高さまでの書棚で塞《ふさ》がり、それに書籍がぎしぎしに詰めこまれ、入りきれない本は鶯《うぐいす》色の絨緞《じゆうたん》の上にいくつもの山になっていて、足の踏み場もないくらいだった。スタンドを置いた大きな机——これも本が両側に積まれていて、ものを書く場所はきわめてせばめられていたが、呼野はそこにひろげた資料などを見ながら肘《ひじ》かけ椅子に凭《よ》ってゆっくりと口述をはじめるのだった。

真佐子は、呼野の机の前からはなれたところに、夫人がとり出したこの家の次男が学生のころに使ったという古びた小さな机をもらい、そこで呼野の言葉を綴《と》じた半紙の上に鉛筆で横書きに速記していった。それが一時間くらいで一区ぎりつくと、真佐子は次の間に行って応接台の上で自分の速記文字を見ながら原稿用紙の上に漢字と仮名に復原してゆくのだった。時間的には復原が速記の三倍かかった。

普通の座談会や講演と違い、著書や雑誌の原稿となると呼野の口述は難儀であった。彼の言葉はしばしば途切れ、たびたび訂正され、次の文章を考える中断があった。そういうときの彼の顔は瞑想《めいそう》に耽《ふけ》るというよりも表現を生む苦悶《くもん》と焦燥に満ちていた。真佐子は速記の鉛筆の手を休めて待つのだが、そのあいだ呼野の苦しみを見るのがつらかった。活字で見る渋滞のない流麗な文章からは想像もつかないことだった。

真佐子が次の間で復原を終った原稿を持ってゆくと、呼野はそれまで本を調べたり、次の口述の資料つくりなどしていたが、さっそくその原稿を読みながら手を入れた。ほんのわずかな訂正だったが、手が入ると見違えるように文章が生々とするのであった。さすが専門家だと、真佐子は感歎《かんたん》した。

仕事中は、夫人も家政婦もこの部屋には寄りつかなかった。真佐子ははじめ呼野の命令で家人が邪魔しないようにしていると思っていたのだが、それだけではなく、夫人がここに来ないのは夫の仕事に関心がうすいからだとわかるようになった。

職業とはいえ、真佐子は他人の家庭に入りこむのは初めてであった。その家の私事には眼を塞《ふさ》ごうとしても毎日のことだからいやおうなく眼に入り耳に伝わってくる。夫人は京都の商家の娘だったが、その父親が呼野信雄の学資を旧制高校から大学卒業まで、さらには大学院生から助手のころまで生活費を援助したということを真佐子はあとで呼野に聞いた。家内は子供がそのまま大人になったような女でね、と呼野は苦笑していたが、それは真佐子の眼に夫人の冷淡さが映っているのを弁解した言葉だった。

夫人は長唄の名取りとかで、家の中では稽古の三味線《しゃみせん》と唄とが聞えた。会があるといってはそのつど着物を替えては出て行った。夫人が夫の世話をあまりしていないのが真佐子にわかってくると、呼野はそれも察して、ぼくは家内に面倒をみられるのを好まないのだよ、研究の邪魔になるのでね、それに学生時代から自分のことは何でもやるのに馴れてるしね、といった。これも夫人のための弁護ともとれたが、そういうわが家の不体裁を弁解する言葉であった。

呼野は夫人が外出すると気持の余裕をとり戻したような表情になり、顔は明るく元気になった。そういうときは口述のほうもスムーズにすすんだ。彼はその合間には学問上の経歴などを気軽に話した。折々の感想も愉しそうに言った。真佐子には勉強になった。

しかし、ついてゆけないことが多い。呼野からは、ギリシア古典派の哲学から近代の実存哲学までをざっと教えられ、東洋思想では中国と日本の儒教、仏教などの概略を聞いた。東西の社会思想や文芸思想、美術思想もむろん話を聞いた。スコラ哲学だのカント学派の観念論だの古代社会思想だのラテン文学だの唯美主義文学だの、いっぺんに聞いてはごちゃごちゃになって頭に入りきれなかった。博士は初心者むきの参考書の名を教えてくれ、真佐子が辞退してもその購入費をもくれた。真佐子は家に帰ってそれらを読んだ。プラトン、セネカ、ベンサム、サルトル、孔子、老子、顔元《がんげん》、空海、親鸞、白隠《はくいん》、世阿弥、西行、芭蕉、西鶴、宣長、徂徠《そらい》などの名が妖神《ようしん》の群れのように彼女の頭の中で乱舞跳梁《ちょうりょう》した。彼女は偏頭痛に耐えた。呼野信雄の好意を無にしたくない一心からだったが、しょせん彼女には無理だった。それが口惜《くや》しかった。

勉強といえば、口述のない日、書庫の整頓《せいとん》や資料の整理などがそうだった。彼女はそこで書目の分類法を習ったが、それには書籍の内容を知らねばならず、呼野からその概略を教えられた。そういうときの呼野はいかにも心たのしそうだった。一人の愛弟子《まなでし》を養成するにもこうまでは行き届くまいと真佐子は感激した。そのようにして二人の間には愛情が生れはじめた。

最初に呼野の手が彼女の肩に置かれたのも、唇を合わせたのも書庫の中であった。

夫人の外出中であった。派出家政婦の眼をぬすんだ。

息苦しくなって外で会うようになった。呼野が仙台に講演に行ったとき、真佐子はあとをこっそりと追って同じ宿に泊り、はじめて抱擁した。呼野家に行くようになって二年後である。離婚して十年も経っているうえに、熟《う》れすぎた彼女の身体は意志の制御を超えていた。六十一歳の呼野の肉体も壮年のように若返っていた。

東京の雑木林の見える家の「仕事場」に戻ってからは真佐子は桎梏《しっこく》に締めつけられるような思いだった。何も知らぬ夫人の顔を正視できなかった。呼野も落ちつかずぎこちない沈黙だった。彼の思索は混乱し、口述は進まなかった。彼は瞑想の眼を閉じるかわり、真佐子に熱い瞳を当てた。荘重な革表紙の背に欧文の金文字が光ってならぶ学問的な書棚を背景に愛情の視線が交わされた。もうとどまることができなかった。家政婦を使いに出して書庫の土蔵に二人で入ることもあった。

真佐子は呼野の家に行くのをやめた。夫人に知られないためだった。彼女はアパートを移り、そこで呼野が紹介してくれた三、四の出版社の速記仕事をした。先生はわたしが居なくなってお仕事はどうなさるのですかと真佐子が気遣うと、眼のほうもすこし調子がいいからなんとか自分で書けるよ、と呼野は言った。眼薬をさしているのが痛ましい。呼野は週に一回くらい真佐子の家に夕方から忍んできた。

呼野は三十近くも違う自分の年齢を気にし、自分のような年寄りが相手では気の毒だとよくいった。そんなことがあるもんですか、わたしはほんとうに仕合せなんです、尊敬する先生にこんなに愛されて、いつ死んでもいいくらい幸福なんです、と泣いた。ありがとう、ぼくもこの年になってこんな仕合せがくるとは思わなかった、と呼野はいった。

地方講演や調査にかこつけて呼野は家を出ると、真佐子を伴って奈良や京都の古建築や古仏像を見て回った。昼間は彼の該博な知識に酔い、夜は愛情の波浪に漂った。


一年ほどして呼野は自宅で倒れた。急性の心臓発作だった。夫人は長唄の会で横浜に行っていた。家政婦が呼野の手真似で彼の手帖を開き、真佐子のアパートに電話してきた。

真佐子はタクシーでかけつけた。家政婦が呼んだかかりつけの医者が来ていた。医者は救急車で病院にすぐに運ばなければならないと言い、母校の大学病院に電話していた。ベッドが空いてなく、ほうぼうの病院につづけて電話で交渉していた。

そのあいだに呼野は真佐子を枕もとに呼んで手を握り、苦しそうに途切れ途切れに言葉を吐いた。ありがとう、君のおかげでぼくの晩年はまことに仕合せだった、それなのに君には何もしてあげられなかった。せめてものお礼に上げたいものがあるといって、彼女にいいつけて机の抽出《ひきだ》しから帙に入れた一冊の本を出させた。表題には呼野の文字で「風籟帖」と書いてある。書籍ではなく画仙紙の画帖だった。この五年間、ときどきの感想を短文にして書き、墨絵を描いてある。いずれ別帖にも書いて君に上げるつもりだったが、この一帖だけになってしまって残念だが、これをぼくのお礼だと思ってとってほしいと言った。彼は死を覚悟していて、遺品として真佐子に与えるというよりもそれを金に代えて生活の資にしてくれという意向であった。

世評高かった呼野博士遺墨が二十一枚、すべて肉筆の文字と画である。この世では唯一のものだ。かならず高価に売れるにちがいない。死に直面した呼野はかく信じ、あるいは遺産分けのつもりで真佐子にそう遺言したのであった。

——そのとき呼野信雄が息をひきとっていれば、信雄も真佐子もあとの醜悪な想いをすることはなかったであろう。しかし、彼は死ななかった。病院の手当てがよくて一命をとりとめたのだった。幸か不幸か博士は真佐子に早すぎた遺言をし、早すぎた遺品を与えてしまった。

もしあのときに呼野が死んでいたら、君のおかげでぼくの晩年はまことに仕合せだった、という彼の感謝の言葉を真佐子はいつまでも胸に抱きつづけられたであろう。そうして彼から日々教えられたこと、たとえば東西哲学思想の歴史概説だとか、文芸や美術思想の流れについての概念などが心豊かな扶植《ふしょく》となったであろう。図書館の司書のような書籍の分類法、資料の整理保存法、索引の作製法、また原文の引用には疑問の字句があれば「ママ」と横に書くこと、あきらかに脱字があっても「脱カ」と付すことなどを知った。呼野は絶えず愛情を含んだやさしい笑みでそれらを教えてくれた。また、真佐子の速記記号をのぞいては、よくこんな、ミミズの這《は》ったような線が漢字や仮名に直るもんだね、と子供のような好奇心を寄せたり、ぼくも速記をおぼえていたら日記に君とのことをこの記号で書ける、そうするとだれにも読めない暗号になるのだがな、と真佐子を笑わせもした。だれにも読めないというのはあきらかに夫人をさしていた。

そのような美しい追憶になったはずのものが、呼野が死を脱したことから、一挙に修羅場の想い出に変ってしまった。急病の呼野が家政婦に真佐子を呼ばせ、真佐子もまた救急車で彼を病院に入れるなどした前後の献身的な働きが、夫人に疑惑をおこさせたのだった。

気の弱い呼野信雄は妻の追及に遇《あ》って真佐子とのことをすべて白状した。もっとも両人の間を観察していた家政婦の言葉や、彼の講演や踏査旅行の先が妻の追跡調査で辻褄《つじつま》が合わないことがわかったり、はては呼野が彼女をアパートに住まわせて通っていたことまで知られてはどうにも呼野にも遁《に》げ道がなかったのである。

夫人は真佐子を呼びつけて泥棒猫だと罵《ののし》り、彼女の眼の前で夫を敲《たた》いた。骨太い夫人の打擲《ちょうちゃく》の下で博士は紙のように縮んだ。博士は、年寄りを誘惑したのは三十女の真佐子だと言い張った。謹厳で世上に知られている呼野博士のことだし、余人が聞いてもその言い訳には説得力があった。

真佐子は「風籟帖」を池袋の小さな古本屋に持って行った。店主はそれを喰《く》い入るようにして見つめ、へえ、これはほんとに呼野先生の筆蹟ですかねえ、と疑わしそうに持参者を見上げ、いまにも呼野家に問合せの電話をしそうな様子だったので、真佐子は奪うようにして持って帰った。

次の古本屋でも同じで、「風籟帖」を店主がためつすがめつ眺めていたが、すこぶる疑惑の表情だった。

それから五年後、新聞に呼野信雄の訃報《ふほう》が出た。その記事と写真が大きいのは故人が若い読者層をひろくつかんでいたからである。関連した各界名士の談話は呼野博士の学識と高雅な人格を讃《ほ》めたたえて愛惜していた。三、四の文化関係の雑誌も呼野信雄の特集を組んだ。

けれどもそれは当座だけのことだった。その一時の賞讃《しょうさん》は火が消えたようになくなった。

古書目録の「風籟帖」は、「名家筆蹟」の中で最も低い値がついている。

延命の負債

村野末吉は若いときから心臓がよくない。ときどき胸がしめあげられるように痛む。どの医者も僧帽弁《そうぼうべん》に狭窄《きょうさく》があるといった。病名は自分でもわかりすぎているので、注射をしてもらったり薬をもらったりして帰る。

思い切って手術をしませんか、と医者はすすめた。手術は人工弁の入れかえだという。十年前まではそんなことはいわれなかった。医術の発達である。

入院すればどのくらいで退院できますかときくと、一か月半もあれば充分でしょうといわれた。むろんそれだけの設備と、心臓外科に熟達した医者をもつ大きな病院でないといけないという。一か月半の入院とは末吉にとって現実ばなれした問題で、長いあいだのこれまでどおりのやりかたで薬を飲んで心臓をかばい、万一の発作時にそなえてニトログリセリンの薬を携帯して働く生活をつづけた。

村野末吉は新宿の百人町《ひゃくにんちょう》でオフセット印刷工場をもっている。半截《はんさい》型の印刷機が二台、四截型が一台、工員十名であった。中小企業がたいていそうであるように、彼が社長で妻と縁戚《えんせき》が役員だった。末吉はいま五十二歳になる。

二十五年前、彼はもう少し大きいオフセット印刷所の注文とりをしていた。心臓が少年時から弱いので身体の大きいわりに筋肉労働にはむかなかった。若いころから転々とした職業もなるべく身体を使わないものを心がけた。学歴がないのでいい会社の事務員にはなれなかった。呉服《ごふく》屋の小僧、ホテルのボーイ見習、活版所の植字工見習などといったところである。ほんとうは坐職《ざしょく》がいいのだが、手が無器用なのでその種の職人にはなれなかった。

オフセット印刷所の外交員になったのは二十二、三のころで、植字工見習をしていた活版印刷所が平版《へいはん》印刷部も持っていたのでそのほうの注文とり見習にまわされた。植字工ではモノになりそうにないと思った職長が店主に進言したのである。見習は雑用と先輩の走り使いであった。しかしそのほうではわりと早く一人前となり、二十七のときにもっと待遇のいい他のオフセット印刷所の外交員という名の注文とりに移った。顧客《とくい》にはお世辞が適当にうまく、足まめで、見積りも正確なので評判がよかった。顧客の新開拓もできるようになったので歩合《ぶあい》にしてもらった。

足まめといっても電車をおもに利用して、なるべく歩行を少なくした。すこしでも心臓に負担をかけないようにし、電車の中では割りこんででも坐《すわ》った。煙草も酒もいっさい飲まなかった。悪所にも行かなかった。仲間は彼に心臓弁膜の持病があるのを知っていたから、そうした彼をべつにケチとも思わなかった。が、実際は金と心臓との節約が半々であった。

発作の前にはその予告のような自覚症状がある。そういうときは緊急用の携帯薬を飲み、じっとその場にうずくまって発作がひどくならないで通りすぎるのを待った。手首の脈を片方の指でおさえて計り、痛む胸の動悸《どうき》に耳を傾けた。発作がどの程度のものか自分流に診断できるようになっていた。顧客先《とくいさき》ではここでしばらく憩《やす》んでゆけとか、だれかに医者へ連れて行かせようかなどといってくれた。その同情から注文を彼に多く出す傾向になったのはたしかである。

どうしても悪いときは医者のもとに行き、家でも二日間くらいは寝ていなければならなかった。何日間も休養をとるというのは一年のあいだに一度か二度だったが、それでも仕事の時間のうえでは相当なロスであった。

三十五歳のときに現在の場所の裏通りにはじめて印刷所をもち独立することができた。四截のオフセットが一台きりだった。機械は一台でも製版などの作業があるので職人は五人だった。四截くらいだと安もの商品のラベルとかマッチのラベルなどこまかな印刷にむく。

末吉は自分でも顧客先の製造元をまわって注文をとったが、同業者からの注文もひきうけた。こまかなものは面倒臭《くさ》がって彼へまわしてくるし、活版屋でもその顧客先から頼まれて平版の仕事をもってきた。店も印刷所も持たず顔だけでまわる担《かつ》ぎ屋のような印刷ブローカーもいた。仲間仕事は利はばがなかった。

四十六歳のときに現在の印刷所をつくった。小さな玩具工場だった家を割安で買いとり、いまの設備にした。いままで使っていた四截のオフセット機械は老朽して役に立たなかったので三台とも新品を月賦で購入した。まだ払いが残っている。

腕のいい外交員を二人傭《やと》い、末吉も率先して注文とりに歩いたので、仕事はひろがった。四截一台のときと、半截二台・四截一台とは顧客の範囲も仕事の内容も違ってくる。営業は大きくなった。

が、それからの数年は楽でなかった。大きくなると、景気のよいときはそれが正直な手ごたえでくるし、悪いときは倍にも伝わってくる。景気も不景気も風体《ふうてい》に応じてひびいてくる。

オイルショックからこの業界も景気が悪くなった。それまで三つの中クラスの企業から色刷りパンフレットなどの宣伝印刷物の仕事をもらっていたが、そのうち二社は色数も枚数も減らし、一社はまったく注文が絶えてしまった。このような顧客先は印刷には素人《しろうと》だから儲《もう》かる。仲間取引は下請となる。相手がすれっからしなので単価を叩《たた》きに叩く。それでも十名の工員と機械を遊ばすよりはと思ってひきうけた。紙屋やインキ屋などの支払いに追われどおしだった。直接注文の顧客を開拓するのがますます困難になった。心臓がたびたびひきつった。

近ごろ思いがけないいい話が末吉にもちこまれた。大手の印刷会社から下請の相談があった。

大手印刷会社は最近の技術進歩でひとむかし前の「印刷」のイメージとはかけはなれた内容になっている。けれども以前どおりの印刷の仕事はやはりつづく。そういうのはほとんど下請に出している。その傾向はだんだんに強いのだが、末吉にもちこまれたのはその大手の系列会社からだった。系列会社も下請に出さないとさばききれない。

口をきく人があって、契約の相談は順調にすすんだ。下請となると主人もちになるが、そのかわり営業は安定する。たしかに単価は安いが、同じ安さでも不安定な仲間取引よりはずっと堅実だ。

　それに信用もつく。系列会社といっても親会社の大手の名がついているので、あたかもその大手の傘下《さんか》にあるような印象になる。系列会社では契約条件さえ完全にはたしてくれれば、あとよその仕事を取るぶんは自由だというのである。末吉は、そこの下請ということになれば一般にも信用が増し、自前《じまえ》の商売も繁栄するにちがいないと思って、この交渉に大乗り気だった。

　たいそうな運がむいたと末吉は考え、この話が立ち消えにならないように願った。彼は仲介者と、この交渉にあたる大手系列会社の課長のもとにしげしげと通い、また二人を料理屋などに招待してもてなした。

　それが実現したのちの計画とも夢ともつかないものが彼の脳裡《のうり》に発展した。そこの下請ともなれば銀行融資には保証がしてもらえるし、これまでのように銀行にお百度を踏むこともなかった。家も機械もすべて担保に入っていたので、支店長裁量の枠の中で融通してもらうのはたいへんな難儀だった。材料代、とくに紙屋の支払いにも今後は責められることはない。紙は系列会社からの持ちこみであった。機械と工員を遊ばさないために注文とりに奔走することもなければ、利益のない仲間取引の仕事に屈伏することもなかった。

　系列会社の課長は末吉の印刷所を見に来て、もう少し設備を拡張したほうがいいといい、それに必要な融資も示唆《しさ》した。

　その矢先に末吉は仆《たお》れた。税務署に出す確定申告の数字を調整しているとき発作が起って机にうつ伏した。

　こんどは胸の激痛が荒々しく、通過して去るのを慴伏《しょうふく》して待つというこれまでの経験を超えていた。息が吸いこめず、脚の脛《すね》に脂汗が噴出した。いよいよ死ぬのかと思ったが、いま死んでは困る、今回だけは助かりたい、助けてくれと祈った。

　かかりつけの医者が来て応急手当てをしたうえ、救急車にもいっしょに乗ってくれ、病院に担ぎこまれた。それはその医師の大学の先輩が経営している綜合《そうごう》病院であった。

　急場はなんとかおさまったが、その病院の院長は僧帽弁《そうぼうべん》に狭窄《きょうさく》があるので、このさい手術しなければ次の発作では心不全の危険があると告げた。心不全はほとんど死を意味する。

　末吉は手術をうける決心をした。院長は医学の発達で人工弁を入れる手術はもはや危険でも何でもないといった。

ただし、その手術にはほかから専門医を呼ばなければならない、その専門医は母校の大学教授だが、そのぶん少々金がかかるがよろしいか、と院長は末吉夫婦にきいた。末吉の妻は小さな製本屋の娘だった。

どんなに金がかかっても生命にはかえられないので、妻は手術をうけることに賛成した。末吉は一時退院して様子を見てから手術を受けに再入院する、それまでは仕事をしたいなどという気持はなくなっていた。彼は次の発作を心底《しんそこ》から恐怖していた。

末吉は妻に、ここは個人経営の病院だから国民保険を使う権利は放棄して、すべて自由診療で扱ってもらうことにしろといった。彼はそのほうが院長によろこばれ、大事にされると信じていた。国民保険では医療費の七割が保険負担で、三割が患者の自費となっているが、それよりも全額を自費で払ったほうが親切に治療してもらえると思った。彼は税務署に出す確定申告の数字を調整しているときに発作を起したのだが、医者の脱税のほとんどは自由診療の操作だと新聞に出ている。さすれば自由診療こそ医者にとって何よりもウマ味のはずだから、そのぶん治療は叮寧《ていねい》をきわめると思った。彼は生きたかった。営業がこれから発展しようというときに持病で死んではたまらない、死んでなるものかと拳《こぶし》を振るった。

大手印刷の系列会社からの下請話は、末吉の入院で中断されていた。彼は何よりもその中断が中止につながることをおそれた。

外部には面会謝絶ということにしてあるので、系列会社の課長もこの話の仲介者も姿を見せなかった。妻にきくと、快《よ》くなってからお見舞に行くつもりだが、どうぞお大事にとの伝言があったという。

この病院のいちばん上等の個室を取れ、と末吉は妻に命じた。課長と仲介者とはそのうち病室をのぞきにくるだろう。その場合、いまのように大部屋では困るのだ。ここでは一列に三ベッドが、互いに頭をむき合わせて二列にならんでいた。その間を医者や看護婦らが診察や注射や検温に窮屈そうに往復する。ベッドの一つは呻《うめ》き声が絶えず、隣のベッドでは気楽そうに仰《あお》向いて雑誌を読み、向いの枕《まくら》は頭が激しく動いてつき添いの女房と口喧嘩《くちげんか》をし、その次はベッドの上にあぐらをかいて、隣と魚釣りの話を交し、次は看護婦が下半身を毛布で蔽《おお》って浣腸《かんちょう》をしているといった風景だった。こんなむさ苦しい大部屋に大切な見舞客は通せない。みるからに貧乏臭く思われて、できる話も壊れてしまう。かりにも社長と呼ばれる身ではないかと末吉は思った。じっさい、系列会社の課長は、内心ではともあれ、表面では彼を社長とよんでくれていた。

職長の高森だけは作業の連絡があるので大部屋の病室に毎日やってきた。三十半ばの高森は外出のときは見ちがえるようにこざっぱりした服装にきかえ、うす茶色の眼鏡《めがね》を伊達《だて》にかけていた。彼も常のことで当然に末吉を社長社長と呼んでいた。

ここの病院ではいちばんいい個室が日に二万円だと妻が婦長から聞いて戻って末吉に報告した。ベッドと、それを仕切った応接室と、つき添いが泊る三畳の日本間と、専用電話機とキチンとトイレがついている。まるでアパートの部屋のようよ、と妻があまりはずまない声でいった。気乗りしないのは、身分不相応な個室とそれに見合う病室代の高さをおそれているからだった。その個室の三つのうち一つが空いていると聞いた末吉は即刻そこを予約しろと妻にいった。

手術は明日午前中に予定されていた。心臓手術にかけては名うての大学教授であった。ここの院長に妻がこっそり聞くと、教授に対する礼金はだいたい百二十万円ていどなら妥当だろうということだった。それに麻酔医も専門のベテランによその大学病院から来てもらうが、それへの礼金は五十万くらいである、教授と麻酔医との礼金は当病院で立て替えるわけにはゆかないから患者さんのほうで直接に手渡してほしいということだった。そうして手術がすんでも予後の療養があるので、四十日くらいの入院は必要だろうといった。

末吉はそれを妻から聞いて、この病院の自由診療費と、よそから特別に呼んでもらう心臓手術の大学教授と麻酔医への礼金と、それから入院四十日間の最高個室代とを合わせるとだいたい三百五十万円ないし四百万円くらいはかかるのではないかと胸算用した。

末吉は、家にそんな金がないのがわかっていた。よそ見にはまず派手に映る商売はしていても銀行の普通預金は名義が自分になっているだけの幻の数字であった。通帳の上で出入りの激しいのは銀行を一時預けの場所にしているだけで、おのれの自由になる金は千円すらないのである。工員十名の給料はどうしても確保しておかなければならなかった。同業者の仕事をして貰《もら》った手形は五、六か月先付のものが普通で、それまでのやりくりが苦労だった。それも手形が無事に落ちるまでが心配で、事実これまで不渡りになったため泣かされている。そのつど補塡《ほてん》に担保を都合しての借入であった。

こんど大手の系列会社の下請となれば、単価は安くても、また手形が少しくらい先付でも不渡りになる気遣《きづか》いはまったくなかった。それだけ不安がなくなる。その会社の手形ならよその支払先もうけ取ってくれる。

商売人というのは借金で営業をつづけているようなものだから末吉は家に自分の自由になる金がなくてもそう苦にはしてなかったが、現在の入院で三百五十ないし四百万円が必要だと胸算用してみてから困った。

家も機械も借入先の抵当権がまだ解除されてなかった。これから二番抵当でよそと借金の交渉をするにしても手間がかかる。手術は明日だし、それが済めば少なくとも四、五日うちには大学教授と麻酔医とには礼金を持参しなければならない。この病院の入院費は十日ごとの支払いであった。

それに、まだあるわ、と妻はいった。手術が終って三晩か四晩くらいはわたしも泊りこみでいられるけれど、それから先は家のことがあるので昼間だけでも派出看護婦会から付添婦《つきそいふ》をたのまなければならない、その付添婦の日当が食費こちらもちで七千円ということだわ、四十日の入院だとすると二十八万円かかるといった。

末吉にはこれという親戚《しんせき》がなかった。妻の実家は製本屋だから少しは貸してくれそうだが、それとてもせいぜい百万円か百五十万円くらいが限度であろう。みんなに金を出し合ってもらうことだと末吉は妻にいった。壁ぎわに追いつめられている心持であった。おれがこの死病から助かるかどうかの瀬戸際《せとぎわ》ではないか。みんな協力してくれるはずだ。おれは助かりたい。いま、死にたくない。商売がこんな大事なときに死んでも死にきれない。せっかく苦労してここまで築いてきて、もう一まわりも二まわりも大きく羽ばたこうとするときに死んでなるものか。心臓は大事なところだ。手術の失敗はその場でこの世の別れとなる。だから万全の手術をしてもらうために名医をたのんだのだ。その金を貸し渋る者はいないだろう。

助かってみろ、おれを若いときから苦しめてきた心臓弁膜症ともきれいに手が切れる。そうなったら働くぞ。いまの仕事を倍にも三倍にも大きくするよ。一流系列会社の下請の話がまとまればそこから一切の面倒がみてもらえる。どうやら条件もいいらしい。こっちは、それを踏み台にして大きくなるのだ。

いま死んでは何もならない。おれは助かりたいのだ。どんなことをしてでも助かりたい。おれを助けてくれ。助けてくれ。

翌日の午前九時から末吉は手術室に運ばれていた。大学教授が院長立会いのもとで入念な検査をした。検査だけでも白衣の連中からよってたかってなぶられ、苛《いじ》められているようなものだった。手術は午後一時からときまった。

予約した病室の特別室に末吉が移されたのは四日後であった。それまではこの病院の地下にある重症患者室に横たわっていた。うす暗い電灯が身体を蔽《おお》った酸素テントのビニールにつけた鈍い艶《つや》を眺《なが》めているだけだった。手術は成功でしたよ、安心しなさい、と胡麻《ごま》塩《しお》の口髭《くちひげ》をもった教授がテント越しに笑ってのぞきこんだのは、麻酔からさめたときと、あと様子を見にくる三回ぐらいだった。

夜も昼もわからないその地下重症患者室で、末吉は、助かった、という幸福の実感に浸《ひた》った。その浸りかたの度合いは温泉なら顎《あご》の下まで湯の中に身体をとっぷりと沈めているといいたいところであった。かれは自分の胸の鼓動音を聞いた。それは新鮮な音響であった。まるで儀仗兵《ぎじょうへい》の鼓笛隊《こてきたい》が左胸の中で秩序正しく、厳密な規律のもとに、毛筋ほどの乱れもなく、先頭のタクトの統制のもとに行進しているようであった。心臓には人工の僧帽弁《そうぼうべん》が装置されてある。銀の指揮棒がこの人工弁のように思われ、それはあと二十年も三十年も鼓笛隊のタクトを振りつづけるように彼には信じられた。もはや、死にひきずりこまれるようなあの胸の激痛に二度と襲われることはない。

特別室のベッドにもどると、これまでの地下の重症患者室が墓室の羨道《せんどう》にも思いかえされたほど、部屋は春の明るい陽《ひ》ざしをひろいガラス窓からいっぱいにとり入れて天空に建っているようであった。

助かった、と末吉はベッドにさしのぞく妻の顔を仰ぎ見ていった。妻も彼の額《ひたい》や鼻の上に涙を落した。

病室はひろい。自分ひとりで占領している。仕切りの向うにはテーブルをかこんで革ばりの長椅子《ながいす》と単独イス三つとがあった。白い壁には油絵の額がある。三畳の日本間がある。浴室《バス》がついていた。キチンと専用トイレが附属していた。それにベッドのわきのサイドテーブルには電話機が乗っていた。これはまるで病院の中の病室ではなく、ホテルの一室ではないか。一日二万円、月ぎめで六十万円の部屋だ。派出の付添《つきそい》婦《ふ》は、四十歳くらいの整った顔をした未亡人であった。

妻は、実家や親戚《しんせき》から借りあつめて三百五十万円をつくったといった。今年末までに返済してほしいということだったが返せるかしら、と心配げな顔をした。大丈夫だ、心配するな、仕事が大きくなればそんな程度の金ぐらいは融通がつくものだ。おれはこの通り丈夫になった。生きかえったのだ。生命を拾ったようなものだ。この得《とく》したぶんを活用しない法はない。営業を伸ばすぞ、と末吉はいった。

サイドテーブルの電話機が彼の意欲を唆《そそ》った。刀架《かたなかけ》に置かれたような受話器が彼の手にとられるのを待っているようであった。高森を呼ぼう、と末吉は受話器に片手を出した。一方の手首はまだ点滴の管の針が刺さっていた。高森をここに呼んで、半截《はんさい》のオフセットをあと三台ふやしたときの工場の広さを計算させてみるんだ、と彼は元気をとりもどした声の上に昂奮《こうふん》を乗せていった。

三日のちに、大手系列会社の課長と下請話の仲介人とがはじめて見舞に来た。二人はこの個室に一歩入ってきたとき、その立派さにおどろいたか一瞬とまどったように足をとめた。点滴はすでになくなっていたので、末吉はその応接室で二人と対《むか》い合った。医学は進歩したものですな、心臓の弁まで人工に替えられるんですからな、このわたしの胸にそんなものが入ってるとはわれながらふしぎです、と近代医学の手術をほめ、これでわたしの心臓は組織が文字通り新陳代謝《しんちんたいしゃ》したようなもので、強いことこの上なしになりました、と元気をみせてしゃべった。

課長は、そういえば社長のお顔色も前にお会いしたときとくらべるとずっとよくなって、血色《けっしょく》なんかとても大手術をうけられた予後の方とは思えませんよ、と祝ってくれた。持参した大きな花束も高価な生花ばかりが包んであった。そばで中年のきれいな付添婦《つきそいふ》がサービスするので、末吉はまるで別荘の客間で訪問者と話しているような錯覚さえ起った。

ところで、例の話は社長が退院されてからいずれあらためてご相談しましょうと、額のひろい、長顔の、いかにもやり手らしい面持の課長は近眼の眼鏡《めがね》の奥で切長な眼を微笑《わら》わせた。ええ、そうお願いします、と末吉は頭をさげたが、少し不安も生じないではなかったので、あのお話は生きているのでしょうね、とそれとなく念を押した。もちろんですよ、それはご心配なくと課長は即座に答えた。それについても、こまごまとした条件をお互いに出し合わなければなりませんので、と課長はふと風に誘われたように眉《まゆ》のあいだにうすい縦皺《たてじわ》をつくった。

末吉はそれが気がかりになった。親会社が下請工場として新規に契約するときに懸《け》念《ねん》するのは、設備費などの融資を要求されることだった。ということを末吉はかねてよそから聞いていたので、彼は先を越して、わたしのほうの工場もあなたのほうのお仕事の専属になるからにはオフセットの半截《はんさい》を新しくもう三台ふやす計画でいます、実は職長を四、五日前にここに呼んでその具体案の実行にとりかかるように指示しました、しかし、それについての資金のお世話をおねがいする必要はございませんから、それはどうかお含みをねがいます、と余裕をみせていった。

二人が帰ると、末吉は、半截機械三台をふやすには隣の駄菓子屋を買いとるしかないが、その金もどこかから工面《くめん》しよう、なにあのときの発作か手術の失敗で死んだと思えば、この生きていることのありがたさ、どのような苦闘もやり甲斐《がい》があると、胸の皮膚の上から人工弁を撫《な》でた。それにこたえるように鼓動音《こどうおん》は正確に鳴り、いささかも結滞がなかった。

その患者さんだった印刷屋さんは、いま工場をひろげて元気にやっておられるんでしょうね、と虫様突起《ちゅうようとっき》の切除手術で入院したわたしは院長の話が終ってから訊《き》いた。いや、亡くなられましたよ、と院長はいった。え、じゃ人工弁の手術が失敗で、急に心不全でも起きたのですか、とわたしは問い返した。

そうじゃないんです、人工弁の手術は立派に成功したんです。けれど、その人は無理して金融業者から金を借りたりなどされたものだから、その借金で首がまわらなくなり、首を吊《つ》って自殺されたんです、退院されてから一年も経《た》たなかったですな、と院長は答えた。

空白の意匠

一

Q新聞広告部長植木欣作《うえききんさく》は、朝、眼がさめると床《とこ》の中で新聞を読む。中央紙が二つと、地方紙が二つである。永い間の習慣で、新聞を下から見る癖がついてしまっていた。

今朝も、枕元に置いてある新聞を片手でとった。順序も決っていた。地方紙が先で、中央紙があとなのは、中央紙は競争の対象にならないからである。見ても、ざっと済ます。

競争紙のR新聞は、朝刊四頁《ページ》で、四つの面をはぐって合計十二段の広告を見るのに、普通の者なら、三、四分で済むところを、植木欣作は二十分くらいかかって読むのである。スペースの大きさ、広告主の良否、扱店はどこの店で、大体、どれくらいの値でとっているか、骨を折ってとった広告か、それとも先方の自主的な出稿かどうか、或《ある》いはスペースが埋《うず》まらずに苦しまぎれに抛《ほう》り込んだ無代のアカではないか、その辺の見当を植木は広告欄を睨《にら》みながらつけてゆくのである。その眼は、自分の新聞のそれと絶えず比較検討している。少しでも勝っているときは喜び、弱いときは憂鬱《ゆううつ》になるのであった。

Q新聞もR新聞も、発行部数が十万に足らぬ地方小新聞である。戦争中、一県一紙に統合された地方紙は、戦後になると分解作用を起し、さらに泡沫的《ほうまつてき》な夕刊紙の乱立となった。Q新聞もR新聞も、その俄《にわ》か夕刊紙の後身で、消滅した群小紙の中で、よく残った方である。途中で朝刊を発行して八年になるが、両社とも経営はひどく苦しい。もっと大きい地方ブロック紙のS紙に抑圧されているからである。

大きな新聞もそうだが、Q新聞もR新聞も、朝夕刊二十四段の広告欄を埋めるのには、殆《ほとん》ど東京、大阪の広告主に頼らなければいけない。地元開拓を始終やかましくいっているが、経済力の貧弱な地方都市では、疲弊した中小企業が唯一の対象で、せいぜいこの地方のデパートの売出し広告が気の利いたスペースをとるくらいなものであった。専属の広告扱店を創《つく》ってはいるが、これでは育てようがなかった。そこで、大部分は、東京、大阪の広告を扱っている代理店に依存していた。Q社もR社も、東京方面の出稿は、広告代理店の弘進社《こうしんしゃ》に頼っている。

弘進社は、広告代理店としては中位のクラスだが、大体、全国の地方紙でも十万か十五万くらいしかない発行部数の社をひきうけている。一体、こんな小新聞は宣伝効果が無いから、広告主《スポンサー》の方でもあまり気のりしないのだが、弘進社はよく努力して、各大手筋から紙型を貰い集めていた。勿論《もちろん》、Q新聞もR新聞も、弘進社だけが唯一ではなく、ほかの代理店とも契約していたが、よそはそれほど熱心ではなかった。弘進社は地方新聞社の値段を叩きに叩くだけに、一ばんよく面倒を見てくれるのであった。現に、いまも植木欣作が見ているR新聞の東京筋の広告も、殆どが弘進社扱いだった。

植木は、R新聞を見終ると、次に自分の新聞をひろげ、広告欄を見渡した。見渡したというのは、すでにその内容は昨日のうちにゲラで熟知しているからである。彼の眼は、いきおい、確認的となり、計算的となった。

三の面、つまり社会面の下には右に、半三段の和同製薬の広告が出ていた。「ランキロン」という近ごろ同社が力を入れて宣伝している強壮剤の新薬である。植木は満足そうにこれを眺めた。競争紙のR新聞にはこれが掲載されていない。これも弘進社扱いだから、いずれR新聞にも出るであろうが、少しでもこっちが先だったということに、いくぶん優越感があり、弘進社の好意を感じたのであった。「ランキロン」と斜め白抜きの大きな文字と、頑丈《がんじょう》な青年の姿を入れた写真の組み合せの意匠《いしょう》を植木はしばらく観賞した。

それに堪能《たんのう》すると、彼の眼は、はじめて上の記事面に移った。仕事をしたあとの解放感のくつろぎで、ゆっくりと活字の密集地帯に向かった。彼も、ここでは記事を眼で拾う傲慢《ごうまん》な読者になるのであった。

ふと、視点が二段抜きの「注射で急死。危い新薬の中毒作用」という見出しに当った。彼は眼をむいて、邪魔なところを折って読みはじめた。

——×日、市内××町山田京子さん（二二）は、疲労恢復《かいふく》のため、××町重山病院で、「ランキロン」の注射をしてもらったところ、間もなく苦悶《くもん》をはじめ、重態に陥り、一時間後に絶命した。所轄署《しょかつしょ》では注射液の中毒とみて重山病院の医師を調べている。「ランキロン」は某製薬会社から売り出された強壮剤の新薬で、署では市内の医院、薬店に対して注意するよう警告を発した。……

植木欣作はびっくりした。これは本当だろうか。「ランキロン」といえば、和同製薬株式会社が、最も精力を集中して宣伝している新薬であり、中央紙には、大きな広告がたびたび載っているし、ラジオやテレビにもコマーシャルが挿入《そうにゅう》されている。地方紙にこそ、ぽつぽつとおこぼれのような広告が載りはじめたのだが、この信用のある大手筋の製薬会社が、まさか無責任な薬品を売り出すとは考えられない。その薬の注射で患者が死んだというのは本当だろうか。異常体質のため、ペニシリンでショック死する例は、たまに読んだが、この「ランキロン」もそのような性質のものなのだろうか。

植木欣作は次第に不安になってきた。薬に対する危惧《きぐ》ではなく、この記事が「ランキロン」の半三段広告の真上に載っていることであった。眼を剝《む》きそうな白抜きの大文字に、頑健そうな人物の写真が、薬品一流のスマートさでレイアウトされている。読者の眼には奇怪な対照として映るに違いない。いや、それよりも、この広告掲載紙を郵送された和同製薬株式会社と、代理店の弘進社とがどのような感情をもつことだろうか。広告が無かったら、新聞を送る必要はないから、或は小地方新聞の記事などは、先方の眼にふれないで済むかも分らないが、広告を掲載した以上、頰被《ほおかぶ》りで済ませる訳にはいかない。いや、弘進社だけには、毎日の新聞を送っているのであった。
植木は、たった今、覚えていたR新聞に対する優越感が微塵《みじん》となってとび散った。

彼は狼狽《ろうばい》して、R新聞をひろげた。注射で急死した記事は小さく出ていたが、某製薬会社が売り出した「新薬」という表現で、どこにも「ランキロン」という名前は無い。慎重な扱いであった。彼は次に、中央紙の地方版を手にとったが、記事はいずれも一段で、これも単に「新薬」となっていた。二段抜きに扱い、しかも「ランキロン」と名前を出したのは、植木のQ新聞だけであった。

植木欣作は落ちつこうと思って、煙草《タバコ》を吸った。指が小さく震えている。和同製薬と、弘進社の憤激が眼に見えるようであった。

彼は、編集部の無神経に腹が立った。広告部のことを全然意識においていないのが彼らの通念であった。編集は新聞の第一の生命で、記事の報道が広告部に掣肘《せいちゅう》されることは恥辱だと編集部は考えている。のみならず、広告部は商売をするところだと彼らはひそかに軽蔑《けいべつ》している。日ごろ、紙面に、商品名を一切《いっさい》出さない主義は、記事が宣伝に利用されないための配慮からだが、それなら今度に限って、何故《なぜ》「ランキロン」とはっきり薬名を書いたのであろうか。おそらく編集部の返辞はこうに決っている。社会的に害毒のある薬だから、明瞭《めいりょう》に名前を出したのだと。それは正論かもしれない。しかし、そのことによって窮地に追い込まれる広告部の立場をどう考えているのだろう。いや、考えるということはないに違いない。お前さんとこのために新聞を作っているのではないよ、とでも言いそうであった。パイプをくわえている編集局長の森野義三《もりのよしぞう》は、ずけずけとそう言いかねない男だった。

それにしても、R新聞といい、中央紙の地方版といい、この記事の扱いの慎重さは見事であった。それは、記事に商品名を出さないという法則のための偶然かもしれないが、眺めている植木欣作には、和同製薬や広告部への配慮があるように思えてならなかった。ことにR新聞に対しては、たった今の瞬間まで心にたゆたっていた追い抜きの快感が、逆に転落感となって植木欣作に逼《せま》った。

彼は朝飯も咽喉《のど》に通らずに出社した。

二

広告部長の席は窓際を背にしてある。机の上の硝子板《ガラスいた》に外からの光線が当り、窓枠《まどわく》の模様を寒々と写していた。植木欣作はコートを洋服掛けに吊《つる》し、のろい動作で椅子《いす》に腰をかけた。部員はみんな出揃っている。黙ったまま、それぞれの仕事をしているが、期待しているような眼で植木の方を窺《うかが》っているようであった。今朝の記事を読んでいるに違いなかった。広告部長が出て来たら、どんな反応を示すか、それを見戍《みまも》っているようであった。その気配《けはい》が落ちつかぬ空気となって植木を包んだ。次長の山岡《やまおか》由太郎《よしたろう》は、お早うございます、と挨拶《あいさつ》しただけで、机の上で他紙の広告欄を見ていた。しかし、その横顔は安定していなかった。部長があのことを言い出すのを待ち構えている様子であった。

植木は茶を啜《すす》ったあと、煙草をのんでいたが、山岡君、と改ったように呼んだ。そう呼ばずには居られない条件の中にあるみたいだった。山岡由太郎は、はあ、と返辞して、見ていた新聞をばさりと置き、身体《からだ》の向きを植木の方へ変えた。顴骨《かんこつ》が尖《とが》って眼が大きく、長身を前むきにかがめた。皺《しわ》はふえたが、スポーツマンのような身体つきだった。いつも彼は植木に、僕はあなたの女房役だから、遠慮のないことを言ってくれ、部内のことは僕が締めて、部長の仕事のし易いようにすると、半分は阿諛《あゆ》するように、半分は自信を見せるように言っていた。

「今朝のランキロンの記事を見たかね？」

植木が言うと、山岡由太郎は、大きな眼をさらにむき、それこそ待っていたように、

「見ましたよ、家で。ひどいですなあ、あれは。編集の奴も困ったことをしてくれま

したね。和同がきっと文句を言って来ますよ」

と大きな声で言った。部員もみんな待っていた話が部長と次長の間で始まったので、思わず安堵《あんど》したような顔つきで聴耳《ききみみ》を立てていた。その雰囲気《ふんいき》が山岡を調子に乗せたようであった。

「編集の奴はこっちのことをちっとも考えないんですからな。何もランキロンと名前を挙げることはありませんよ。R新聞も、ほかの新聞も名前を伏せています。それが常識ですよ。和同がむくれて、うちに出稿をくれなくなったら、どんなことになるか、編集の奴は何も知っちゃいないんですからね。なにしろ、新聞社は購読料だけで経営できるとやっぱり思ってる奴がいるんですからね」

山岡は、部長に合わせるように煙草をとり出し、大きな声をつづけた。

和同製薬が広告の出稿をしなくなる。山岡の言ったような心配は、植木も、あの記事を読んだ直ぐあとから持ちつづけた惧《おそ》れであった。和同製薬は一流会社で、いろいろな薬品を発売している。そのため出稿量が多い。もし、「ランキロン」の記事で、先方が憤《おこ》って出稿を停止したら、大そうな打撃である。和同製薬はQ新聞みたいな小さな地方紙は問題にしていないのだ。言わば、お情けと、代理店の弘進社との外交とで、ようやく広告紙型を廻《まわ》してもらっている状態であった。その実情がはっきりとしているだけに、植木には和同製薬の憤激が怕《こわ》かった。

前原君、と植木は計算係を呼んだ。

「ここ半年間の、和同の一か月の平均出稿高を調べてくれないか」

前原が席にかえって帳簿をひろげ、算盤《そろばん》をはじいている間、植木は頭の中で暗算をしていた。むずかしい眼つきになっていた。

「しかし、ランキロンが死ぬような中毒作用を起すなんて本当でしょうかな?」

山岡は、植木のその眼をのぞきこむようにして言った。同じ疑問は植木にもあった。

「さあ、和同製薬ともあろうものが、そんな軽率な薬は売らないと思うがなあ」

植木は遠いところを見るような眼つきで呟《つぶや》いた。

「異常体質のためのショック死かもしれない」

「そうかもしれませんね。しかし、記事の方が誤りということはないでしょうかね?」

山岡は、両手の指を組み合せ、拳《こぶし》にして顎《あご》の下に当てた。

「それはないだろう。ほかの新聞にも、みんな同じことが出てるんだからね」

植木が言うと、山岡はそうではないというふうに首を振って、

「たしかにランキロンの注射で死んだかどうかということですよ。ほかに病気があって、それが死因じゃなかったでしょうか」

と低い声を出した。彼は思いつきを言うとき、一段と声をひそめ、尤《もっと》もらしい顔つきをする癖があった。

さあ、それは信じられないと植木は言った。注射をした直後に反応が起ったのだから、やはり薬のせいだと思うほかはない。しかし、そんなことはどっちでもよかった。問題はQ新聞だけが「ランキロン」という名前を挙げたことにある。この薬が全部そのような中毒症状を起す筈《はず》はない。それだったら、すでに発売して時日がかなり経《た》っているから、そのような実例がほかに起っているわけだった。たまたま、この地方に配られたアンプルの中の薬液だけに不純物が混入されていたのであろう。和同製薬にとっては不注意とも言えるし、不運とも言えるが、その例外的な事件を大きく出して、いま会社が全力を挙げて宣伝中の薬品名を、わざわざ出すことはないと植木は編集部の鈍感に腹が立った。

計算係の前原が半年間の統計をメモして、靴音を忍ばせてやってきた。植木は眼鏡《めがね》

を出して、それを読んだ。和同製薬は一か月平均二十一段にもなっている。最近の段数が多いのは、「ランキロン」の宣伝のためであった。一つの広告主で、こんなに出稿してくれるものはざらにあるものではない。従って、弘進社が、どのように和同製薬を大事にしているかも想像がつくのであった。植木は、和同製薬の憤懣《ふんまん》も無論だが、それにつれて弘進社から怒鳴り込まれることも怖《おそろ》しかった。弘進社には頭が上らなかった。東京方面の大部分は同社の扱いになっているので、ここから睨《にら》まれたら手も足も出なくなる。悪くすると、懲罰的な意味で、ほかの出稿まで減らされるか分らない。彼はその悪い事態になったときを想像すると、眼の前が昏《くら》くなった。

「編集部に行って訊《き》いてみよう」

植木がそう言って椅子から起ち上ったのは十二時を過ぎてであった。訊いてみよう、と言ったのは部員の前を考えて言ったので、実は抗議をするつもりであった。山岡が、それがいいですな、言うべきことは言って置く必要があります、と植木の気持を読んで激励するように見上げた。

植木は、幅だけは広いが、古い階段を前屈みに昇った。足をゆっくりと一段ずつかけながら、編集局長の森野にどのようなかたちで抗議すべきかの順序を考えていた。

すると、山岡が言った、記事は誤りではないか、という言葉が、ふいに頭を掠《かす》めた。記事は誤りではあるまい、しかし中毒作用を起したのが「ランキロン」ではなく、別の原因だったという考え方もある。記事の取材は警察から出たに違いないが、その警察の判断が誤謬《ごびゅう》だったら、どうなるのだろう。編集部は発表通りを伝えたまでだと通せるが、広告部は広告主や代理店に対してそれでは済まないのである。信用を墜《おと》したと広告主は攻撃するに違いない。もしかすると、この記事の影響で「ランキロン」の売行きが落ち、減収だという理由の威嚇《いかく》も持ち込まれるかも分らない。編集部の責任を広告部が全部負わされるのである。実際に、「ランキロン」は中毒死の原因だったことよりも、この方がもっと恐しいのだ。和同製薬を最上の顧客とする弘進社が、この上客の機嫌をとるために、或は自己の扱いだったという手落ちを謝罪する意味で、どのような膺懲的《ようちょうてき》な方法をとってくるか、分ったものではなかった。植木は階段を上るのに足が萎《な》えた。

昼をすぎて編集部の人員はやっと机の前に揃っていた。局長室は個室になっている。明けるごとに軋《きし》るドアを引くと、局長の森野義三はゴルフズボンを普通のものに穿《は》き替えているところだった。彼は片足を突込んだまま、肥った身体を及び腰になって植木の方を見た。やあ、と彼の方から口髭《くちひげ》を動かして声をかけた。

「いま、一汗かいて戻ったところでね。今日は調子がいい。今度の日曜日に試合があるんですよ」

彼はこの市で三番と下ったことがない、というのが自慢であった。植木は笑いながら、森野が突き出たまるい腹にバンドをしめるのを待っていた。

「何か用？」

局長はネクタイの結びを直しながら訊いた。

植木欣作は、ぼそぼそと用件を話した。出来るだけ卑屈にならぬようにしたが、話の声は低かった。唇《くちびる》の両端が、微笑で曲っていた。

森野は話が終るころから、明らかに機嫌が悪くなった。彼の括《くく》れた二重顎は硬質の陶器のように動かず、眼が白く光ってきた。

「広告主のことなんか、君」

と、局長は植木の終りの声にかぶせていった。

「そう一々、気にかけていたんじゃ新聞はつくれないよ。君の方は商売かもしれないが、こっちは厳正な報道が第一だからね。名前を出したのが困ると言ってるようだけれど、そりゃ、出した方が世間のためになるからだよ。薬屋さんの肩をもって、読者の利益を無視したら、新聞の生命は、君、どこにある。君も広告部長である前に、新聞社員ということを知って貰《もら》いたいよ」

局長は、そこに立っている広告部長に口髭《くちひげ》の下から歯をむいて浴びせた。

「そこまで、広告部がタッチするのは、君、編集権の侵害だよ」

植木は局長の股《また》ボタンが一つ外《はず》れているのを見ていた。

三

東京からの長距離で、弘進社の中田から電話がかかってきたのは、その翌日の夕方であった。弘進社には郷土新聞課というものがあり、中田はその課の副課長であった。

あれは一体どうしたのですか、と中田の声は初めから怒声がまじり、受話器が震えるくらいであった。送られた新聞を見てびっくりした。「ランキロン」に限ってそんな莫迦《ばか》な筈はない、和同製薬のような一流製薬会社が中毒を起すような薬を発売するわけがないではないか、しかも、それを本命として大宣伝をしている薬だから常識でも判《わか》りそうなものである。その上、「ランキロン」という名前まで記事に出した料簡《りようけん》は何か。和同製薬でも大憤慨で、今後一切、Q新聞には出稿しないと言っている。われわれはその陳謝に汗をかいている次第だ、あんたの方は、それでいいかもしれないが、われわれは大切な得意を一つ失うかもしれない窮地に陥っている。全体、どのように言い訳をなさるのか、と中田のきんきんした声は休みもなく、言葉を機関銃のように速射してきた。

「どうも申し訳ありません。いまも編集とかけ合っているところですが、ランキロンという名前を出したのはいかにも当方の手落ちです。どうも編集は無頓着《むとんちゃく》で困ります。どうか今回だけは、あなた方の顔で、和同さんに断わって下さい、どうも恐縮です」

植木は、前に一、二度か東京で遇《あ》ったことのある若い中田の顔を頭に描きながら、送話器に屈み込んで懸命に弁解した。

するると、中田は折返して、植木の言葉を叩くように、あなたの方に言われるまでもなく必死に和同さんに謝《あやま》りを入れていますよ、こっちは自分の商売が可愛いですからな、と言い、もっと大きな声で、もし、この中毒死が「ランキロン」のせいでなかったら、どう処置するつもりです、全三段くらいの訂正広告をサービスで出したくらいでは納《おさ》まりませんよ。なにしろ和同さんの方では絶対にそんな事故が起る筈《はず》がないと自信をもっているから、今夜にでも事実調査に技師を派遣すると言っています、その結果、田舎《いなか》警察の発表が誤りだったら、あなたの方の軽率に対して和同さんは憤っているから、一切の出稿を見合すでしょう、和同さんばかりでなく、われわれも考えねばなりませんからな、と一気に言い切るなり、がちゃりと電話を切った。

植木欣作は虻《あぶ》のような唸《うな》り声を立てている受話器をゆっくりと置いた。恐れていた最悪の予感が現実となって逼《せま》ってくるように思える。彼は頭を抱えたい動作を我慢して、椅子のうしろに背をもたせ、片手を机の上に伸ばして指でこつこつと叩いた。板《いた》硝子《ガラス》の感触が指の腹に冷たかった。

今まで耳を澄ましていた次長の山岡が首をあげて、

「弘進社は憤《おこ》ってますか？」

と植木に訊いた。眼つきは心配しているというよりも、なにか好奇心に輝いているように見えた。

「憤っている。中田が出たがね、がんがんと怒鳴り散らしていた。悪くすると、和同製薬の出稿停止だけではおさまらないかもしれない」

植木はもの憂《う》そうにいった。

「おさまらない、と言いますと？」

山岡は長い上半身をぐっと植木の方に曲げて、内緒話をきくような恰好《かっこう》をした。

「弘進社そのものの扱いも、半分くらいに減らすつもりかもしれないな。なにしろ和同製薬は大切な広告主だから、あすこをしくじらないためには、そのくらいの処置には出かねないよ」

「まさか、そんなことはないでしょう」

山岡は、植木を慰めるように言ったが、眼は相変らず、事態の進みように興味をもっているように、植木の顔をじっと見ていた。

「中田がそう言いましたか？」

「そんなことをほのめかした。和同製薬では、こっちに技師を出張させて調査させるといってるそうだ。困ったことになった。調査の結果が、どっちに転んでも、こっちは助からないな」

植木欣作は頬杖《ほおづえ》を突いた。昨夜も考えて熟睡していなかった。長男が大学の受験準備をしていて、鉛筆を削る音が一晩中、耳についた。その下に、高校生の女の子と、中学生の男の子がいる。

「その和同の技師をこっちで接待したらどうでしょうか？」

山岡が提案した。思いつきを、考える時間もなく言う男で、自分で眼を輝かしていた。

「そうだな」

植木は首を傾けた。技師を呼んでご馳走したところでどうにもなるものではない。しかし、こっちに出張してくると判っていて知らぬ顔も出来なかった。結果はいずれにしても、接待しないよりもした方がいいようにも思われた。植木は、どんなものにも縋《すが》る気持になっていた。

山岡は、早速《さっそく》、東京を呼び出した。何かひとりではずんだ顔つきになっていた。植木は、止《よ》した方がいいかな、と途中で思い返しながらも決断がつかなかった。

電話が通じて、山岡が弘進社に丁寧に話しかけていた。先方の話は洩《も》れないが、山岡の顔が曇ってゆくので、植木はやはり止めさせた方がよかったと後悔した。通話は短かく済んで、山岡は顰《しか》めた顔を植木に向けた。

「そんなことをする必要はない、というんです。中田ですよ。いやな奴だ。先方に訊いても、教えはしないし、余計な小細工はやめにしてくれというんです。若いくせに、頭からがみがみと威張ってやがる」

山岡は顔を赧《あか》らめ、先方に毒づいていた。自分の思いつきが外れたてれ隠しもあった。

そうだ、それは余計な小細工だった、と植木は悔いが心を咬《か》んだ。向うは、いよいよこちらを軽蔑しているに違いない。あせっているときは、常識外れのことにも手を出すものだと思った。

植木は、弘進社が扱い量を半分に減らしたときの対策を鬱陶《うっとう》しく考えはじめていた。対策といっても、さし当り、これといって打つ手は考えつかなかった。東京は殆《ほとん》ど弘進社だけに依存して来たのであり、大阪の出稿量も限界があるから、どのように扱店に頼んでみたところで、無駄であることは知れていた。さりとて地元の専属扱店の尻《しり》を叩いても、肝腎《かんじん》の広告ソースが貧弱だから伸びよう筈がない。結局、弘進社が減らした分は、穴になるほかはなかった。

Q新聞の一か月の広告収容量七百二十段、うち二百二、三十段が弘進社扱いであった。もし、これが半分になると百段そこそこで、この巨大な空白を何で埋めるか。Q新聞では、扱店渡しの特約値が、大体、一段当り二万円で、広告総収入は一か月千四百万円くらいであった。これは百五十人の従業員と、編集費を賄《まかな》うに足る金額であった。弘進社が扱い高を半減すると、二百万円以上の減収となるのであった。Q新聞のような弱体な小地方紙にとっては、大きな打撃なのである。植木は、それを考えると、じっと坐《すわ》っていられなかった。

森野編集局長は、そんなことは一切関《かか》わりないといった態度で、二階に上ったり降りたりしていた。人とはゴルフの話ばかりしている。あれ以来、植木には知らぬ顔をしていた。編集のことで文句を言いに来た広告部長に、あきらかに腹を立てていた。

植木は、このことを専務に話したものかどうか迷っていた。専務は営業局長を兼ねている。植木の肚《はら》が決まらないのは弘進社の出方が未決定だからである。先方は技師が調査して帰るのを待っているらしい。植木には万一の期待があった。和同製薬のような大きな一流会社が、わずかな口実で、地方の小さな新聞社を苛《いじ》めるような大人気《おとなげ》ないことはしないであろうという気休めであった。弘進社にしても、あれは本気に言っているかどうか分らない。この際、脅かしてやれ、と若い中田あたりが威張ったのかもしれなかった。そう思うと、電話を切ったあと、東京の笑い声が聴《きこ》えそうであった。しかし、代理店のそういう威嚇が利くだけの弱味を、この小さな新聞の広告部は持っていた。

だが、植木欣作が弘進社の態度の決定を待つ間、専務に報告しなかったのは、どこかで自分の成績を考えていたからであった。

彼は、取りあえず、和同製薬株式会社の専務と、弘進社の郷土新聞課長、名倉忠一《なぐらちゆういち》に宛て鄭重《ていちよう》な詫《わ》び状を書いて出した。その返事は来なかった。

四

返事は無かったが、それから三日ばかり経って、注射薬の中毒死の原因が判った。この都市の市立病院で精密検査した結果、それは注射した医師が、「ランキロン」に他の薬を混合したことが判明し、その他の薬の方が不良品だったことが突きとめられた。編集部ではその報道を小さな記事にして出しただけで、別に事前に植木のところに連絡してくるでもなかった。編集局長は、まだ植木の容喙《ようかい》を根にもっているらしかった。

植木は、さすがに腹に据えかねて、編集局に駈け上って行った。森野局長は机から離れて、棒を振るような手つきで練習の真似をしていた。

「局長」

と植木は蒼《あお》ざめるのを意識して言った。

「ランキロンの中毒は誤りだったそうですね？」

局長は手真似《てまね》を中止し、肥った身体を廻転椅子に落して植木の方をじろりと見た。口髭《くちひげ》が動いた。

「誤り？　そりゃ新聞の誤報じゃない。警察が間違っていたのだ。市立病院でその間違いが分った。だから、それを報道した。こちらは発表通りを正確に記事にしている」

「しかし」

森野は植木の顔に真っすぐに強い視線を当て、無礼を咎《とが》めていた。

植木は身体を汗ばませながら言った。

「それが分ったら、私の方に連絡して下さるとよかったと思いますよ」

「連絡？」

森野は眼を光らせた。

「どういうことだね？」

「あの記事は訂正記事の代りになると思います。和同製薬が迷惑した手前、もっと大きく、最初の記事と同じ二段抜きで出して欲しかったのです」

「その必要はない」

局長は、突然、身体にふさわしい大きな声を出した。我慢がしきれなくなったというように、咽喉元《のどもと》から絶叫した。

「編集は広告の命令で動いているんじゃない。君、帰り給え」

「しかし、あの記事のために、先方は広告原稿を出さないというんです。そうすると、広告収入が激減するんですよ」

植木は自分の身体を支えるようにして言った。

「そりゃ、君の商売だろう。ぼくの知ったことじゃない。帰れ」

局長は太い顔を赧《あか》くし、額の筋を怒張《どちょう》させていた。森野義三は以前に中央紙で社会部長をしたことがあり、女で失敗して退社したが、その経歴が彼の装飾であった。植木はドアを軋《きし》らせて外に出た。今の声が聴えたとみえ、編集部の連中が机からみんな彼の顔を見ていた。

自席にかえると、植木は、すぐ後にある窓をあけて外を見た。電車が走っているが、殆ど乗客が乗っていない。車掌が背中を後部の窓に凭《もた》れさせていて、こちらを見ていた。植木は車掌の眼と合ったような気がした。

編集局長の森野と衝突したが、こちらの手応《てごた》えがまるで森野にはない。この吹けば飛ぶような小さな新聞社を大新聞のように思っている。編集は編集、広告は広告と分割して、社の収入源のことなんか知ったことかという顔をしている。今に、弘進社は何かの宣告をしてくるだろう。この危険を社長も知っていなければ、専務も編集局長も知っていない。

植木は立っている自分の周囲に風が捲《ま》いて吹いているのを感じた。社長は病気で臥《ね》ているし、専務は昨日から大阪に出張していた。

申し込んでおいた東京への電話が出たと山岡が知らせた。受話器を植木に渡すとき、重大そうな眼つきをしていた。向うに出ているのは、やはり郷土新聞課の副課長の中田であった。

「昨日、中毒死の原因が分りました。やはり、ランキロンじゃなかったのです。注射のとき、混合した別の薬が悪かったんです」

植木がそこまで言うと、中田は追いかぶせるように、それは昨日のうちに、すでに和同製薬から派遣した技師の報告で分っている。和同からこちらに連絡があった、と答えた。

植木は顔が熱くなったが、中田の声は前と違って、ひどく静かであった。落ちついているのか、冷淡なのか、植木にはすぐに判断がつかなかった。つづいて、中田は訂正記事はどのような扱いになっているか、と訊いた。植木はすこしどもって答えた。中田は、一段ですね、一段ですね、と二度もくり返して念を押した。なぜ、前と同じに二段扱いにしないのか、と切り返されるよりも、植木には辛《つら》かった。

「それで訂正広告をすぐに出したいと思いますが、勿論、二段通しか、半三段くらいをサービスさせて頂きます。和同さんの方の意見はどうなんですか？」

正式な意見はまだ伝える段階ではない、と中田はやはり抑揚を殺した声で言った。とにかく、和同があなたのところを非常に不快がっていることだけは承知して貰《もら》いたい。

「それは、和同の出稿が無くなるかも分らないという意味ですか？」

和同だけじゃありませんよ。うちはあなたのところよりも、和同の方がずっと大事ですからね、これは承知して下さい。

「もし、もし」

植木は思わず、うろたえた声を出した。中田の静かな声は冷淡ということがはっきりしたが、それだけに、その言い方は恫喝《どうかつ》とは思えないものがあった。山岡は、横で頬杖をついて、じっと聴耳を立てていた。

「名倉さんはいらっしゃいませんか？」

も早、副課長の中田だけの話では不安であった。課長の名倉忠一の話をきかぬと、実際に肚《はら》に入らなかった。名倉はいませんよ、と中田は嗤《わら》うように答えた。北海道に出張中だから、あと四、五日しないと帰って来ない、しかし、こっちとは始終電話連絡をとっているから、名倉の意向も大体分っている。

「意向といいますと？」

つまり、ぼくが言ったことと同じ考えですよ、或は名倉の方がもっと強硬かもしれませんね、弘進社としても、残念ながら、おたくとのご縁をこのままに切らせて頂くか分りませんよ、と中田は言うなり、向うから電話を切った。

植木は、部員たちの手前、落ちつこうと考えながら、マッチを摺《す》る指が震えた。

「どう言ってるんですか？」

山岡が椅子を起ち、植木の頬に息がかかるくらい、顔を寄せてきた。

「弘進社は、うちの扱いを全面的に引込めるかも分らないな」

植木は、ぼそりと答えた。自分が口に出した言葉で、その現実がきた気がした。

「全面的に、ですか?」

山岡はびっくりしたように眼を開け、植木の顔を凝視した。

「そりゃあ、えらいことになりましたなあ」

山岡は息を詰めたような顔をしていた。声には詠嘆とも、同情ともつかぬものが混っている。どっちにしても、彼のこのときに洩《も》らした声は、はっきり自分がこの問題の責任者ではない、という調子のものであった。

植木は机の上のR新聞をひろげた。これで三度目であった。中毒死は新薬のせいではなかったという記事が二段で出ていた。前の事故を報じたときは、一段の小さなもので、しかも薬の名前は伏せていた。手際のいいやり方であった。これでは、和同製薬も弘進社も、こっちを見放すのは仕方がないように思われた。

弘進社が扱い高を半分に減らすかもしれない、と考えていたのは甘い観測であることが分った。植木の眼には二百二、三十段の空白が雪原のように映っていた。

専務が翌朝、出張先から帰ってきた。植木はその日程を知ったので、すぐに専務の私宅に行った。二階に上れというので、暗い階段を上って行くと、禿《は》げ頭の、小さな身体の専務は、どてらを着て腫《は》れた眼で現れた。

「やあ、これから朝食だ。一しょに食おうか」

専務は笑いながら言ったが、実は、朝から何で植木が自宅まで飛んで来たのか、探るように窺《うかが》っていた。眉毛《まゆげ》が薄いので、眼が鋭くみえた。

植木が話しはじめているうちに、専務の顔色が変ってきた。顔艶《かおつや》がよく、額も頬も、鼻の頭も光っている男だったが、寝起きのせいか、鈍く垢《あか》じみたものが淀《よど》んでいた。それが一層、黝《くろ》ずんできた。

「二百三十段か。四百六十万円の減収となると、うちの経営は危くなる」

専務は言った。心なしか、声が震えているようであった。

「販売成績も悪くなってるんでね。近ごろ、中央紙の攻勢で、部数が下り目になっている。拡張運動をしても、金を食うだけで、実績が上らん。困ったこったね。そこへ、広告の方がそんな具合じゃ、忽《たちま》ち、破滅だね」

専務は額を抑えた。

「君、弘進社では、本気にそうするのか？」

「まだ、はっきりとは分らないんですが、そうなったときの場合を想定しておく必要があります」

植木は答えた。

「弘進社にとっては、和同製薬は大手筋の得意ですから、うちと手を切るのが忠義立になるのかもしれませんね。だから、そういう可能性はあります」

「今から、弘進社に打つ手はないか？」

専務は抑えた手で額を揉《も》んだ。

「電話で随分と謝ったのですが、きかないんです。尤《もつと》も、これは郷土新聞課の副課長です。課長は北海道に行っていて、話せませんでしたが」

「課長は、いつ社に帰ると言ってたかい？」

「三、四日中には帰社する予定だとは言っていました」

専務は手を急に放すと、植木を睨むように見た。

「君、すぐに東京に行ってくれんか？」

「はあ、それは」

「弘進社に何とか泣きを入れるんだ。それ一手しかない。その課長の帰ってくるのを東京で待っているんだ。こっちは誠意を見せて、平謝りに謝るんだ。こっちの経営状態も説明して、頼み込むんだね。それ以外に無いよ、この対策は」

植木もそう思っていた。こっちから上京して会って話せば、電話の上のやりとりと違って、先方も顔を合せながら、無情なこともできないだろう。とにかく、会って頼み込む、それが最上の方法のように思われた。

「編集局長の方は、ぼくが叱っておくよ」

専務は植木の機嫌をとるように、やさしい顔で言った。

五

植木は、その日の午後の急行に乗った。山岡が、弘進社には電話で、部長の行くことを言っておきましょうか、といったが、彼は、それには及ばないととめた。なまじっか予告をしない方がいいのだ。先方にその準備を与えるよりも、不意に出て行って、話しかけた方がいいのだ。

植木は汽車の中で寝苦しい一夜を明かした。暗い窓を走り去る遠い田舎《いなか》の灯《ひ》を数えていた。その窓が乳色に白くなるころに、うとうととした。

八重洲口《やえすぐち》に降りたのも一年ぶりであった。地方の小新聞には東京はあまり縁がない。紙面には毎日、東京の広告が載り、広告主から料金が入っているが、直接のつながりはなかった。代理店が両方の間に介在して、その線を遮断していた。硝子《ガラス》の壁で仕切られているように、向うの姿は見えるが、手が触れられなかった。

時計を見ると十一時近くであった。彼は食堂で百円の朝飯を食い、タクシーで弘進社に向った。車が前後を挟んで無限につづいていた。向うから来る車の流れの中には、中央紙の赤い社旗を翻した車がいくつかあった。

弘進社は広い道路から入った狭い通りにあった。二階建の小さな建物である。あたりに大きなビルが建っているから、それは見すぼらしく見えた。こんな貧弱な社屋が、地方新聞の生命を抑《おさ》えているかと思うと、植木にもすこし信じられなかった。彼は金文字を捺《お》した硝子《ガラス》ドアを明けた。正面に大きな衝立《ついたて》が塞《ふさが》っていて、すぐには内部が見えなかった。

衝立の横を廻ると、長い営業台の向うに社員たちの配置が初めて見渡せた。そこから、威厳めいた風が一時に植木の顔に吹きつけてくるように思えた。彼が入ってきても、誰も見向きもしなかった。受付の女の子はうつむいて雑誌を読んでいる。植木は、郷土新聞課の方を眺めたが、課長の名倉の顔も、副課長の中田の顔も見えず、課員が三人、かがんで仕事をしていた。名倉は出張から帰らないからともかくとして、中田がいないのは外出かとも思われた。植木は、いきなり彼とここで会わないことで、かえってほっとした。

女の子に訊《き》くと、中田は二時ごろに帰ってくるということだった。郷土新聞課員のひとりがひょいと起ち、営業台の前に出て来て、どちらさんですか、と訊《たず》ねた。色の白い、瘦《や》せたこの男には、植木の方では、一年前にここに来たときに見覚えがあったが、向うでは知らなかった。植木が名刺を出したとき、彼は眼の近くにそれを持って行って見入り、ああ、そうですか、と植木の顔を改めるように見た。

この間からの経緯をこの男も知っているらしい。小役人にみるような横柄な顔つきに変っていた。中田副課長は二時ごろに帰るから、そのころ来て下さい、と彼は植木の名刺を中田の机の上に抛《ほう》るように置いた。

植木は、そこを出て、さて、どっちに行ったものかと考えた。ぶらぶらと歩いているよりも和同製薬会社に行って挨拶して来ようと思った。遊んでいる気にはなれなかった。和同製薬には、名倉か中田と一しょに行った方が一ばんいいのだが、それはさし当って見込みがないので、とにかく、単独でも謝りに行ってみる気持になった。彼はタクシーに乗ったが、これから先方に行ったときの話の具合が気にかかり、ろくに久しぶりの東京の景色《けしき》が眼に入らなかった。

和同製薬の本社は川の傍にあって、五階建の立派なものであった。白い四角い壁に、空の光をうつした窓が几帳面にならんでいる。植木は、これから自分が行く場所は、どの窓の位置であろうか、と車を降りて、暫時《ざんじ》、息を整えながら見上げた。「ランキロン」の染め抜きの垂れ幕が一番高い窓から下っていた。

三段の石段を上り、大理石の床で滑りそうな明るい玄関を入ってゆくと、右手に受付窓があって、緑の上っぱりを着た女の子が硝子戸を指であけた。植木は名刺を出し、宣伝部長さんに会いたい、と申し込んだ。

女の子はダイヤルを廻し、その通りのことを言っていた。向うでは訊き返したらしく、彼女は、Q新聞社です、Q新聞社です、と二度くり返していた。植木は、それだけで、もう、こちらが咎め立てられているような気がした。

「宣伝部長はお留守《るす》だそうです」

女の子は、まっすぐに植木を見上げて、硬い感じの顔で言った。居留守を使っていることは分っていた。植木は、それでは次長さんを、と頼んだ。女の子は、もう一度、電話をかけていたが、次長も居りません、外出は永くなるそうです、と返答を伝えた。植木は頭を下げて、そこを出た。

空は薄く晴れているが、あたりが濁ったように紅《あか》くどんよりしている。追い帰されてから、和同製薬の怒りが皮膚《ひふ》をじかに叩いたような気がした。

やはり、直接にひとりで来るのではなかった。弘進社の中田に頼んで一しょに来なければ、先方は会ってもくれないのだ。憤慨していることも分っているが、Q新聞などは問題にもしていない、という態度も見え透いていた。彼はタクシーを待って佇《たたず》んだ。

有名な中央紙の社旗をつけた大型の車が、車体を光らせて走ってきた。植木の眼の前で、それは和同製薬の玄関に横づけとなった。ばたんとドアを刎《は》ね返して、若い男が大股《おおまた》でひょいひょいと石段をとび上り、内部に消えた。植木の歳の半分くらいの男であろう。植木には、その新聞社の広告部員が挨拶に来たように思えた。無論、その男は、彼のようにすぐに戻っては来なかった。

和同製薬からの出稿はもう諦《あきら》めなければならないだろう、と植木は考えた。それは決定的のように思えた。一か月、数十段の喪失である。しかし、それだけで済むのではない、もっと巨大な、絶望的な喪失の予感が彼の心を萎《な》えさせていた。

植木は賑《にぎや》かな通りを歩いたが、色彩がまるで視覚から失われていた。この日本一、繁華な街《まち》を歩いて、山か野を歩くようだった。咽喉が乾いて仕方がない。喫茶店に入ったが、ジュースが泥水を飲むみたいであった。

二時近くなったので、植木は、弘進社に向った。やはり貧弱な建物だが、彼はさっきより倍も威圧を受けた。衝立を廻ると、今度は、中田の姿が見えた。彼は机で何か書いていたが、前の痩せた男が植木の顔を一瞥《いちべつ》して、中田に知らせた。中田はうなずいたが、営業台の前に近づいた植木の方を見るのでもなかった。彼の刈り上げた散髪頭は机の上に傾いたままであった。植木は胸の動悸《どうき》が高くなった。

十分間も、そうしていたであろう、中田はようやく顔を上げると、植木の方を見て、やあ、と言った表情をした。にこりとも笑わなかった。長い顔で、全体の感じが毛髪が無いみたいだった。唇が薄かった。彼はその唇を仕方なしに明けたように、こっちにいらっしゃい、と言った。植木は軽く頭を下げて、営業台の端の仕切戸を開けた。

隅に四角い場所をとって、円テーブルと、来客用の白いカバアをつけた椅子がならんでいた。中田と向い合うと、植木は丁寧にお辞儀をした。

「どうも、今度は、大へんなご迷惑をかけまして、何とも申し訳がありません」

植木は謝った。中田は、歯も見せずに仏頂面《ぶっちょうづら》をしていた。

「突然のようですが、そのためにこっちにいらしたのですか?」

彼は足を組み、煙草をとり出した。

「そうです。どうも、じっとして居られないものですから、矢も楯《たて》も堪《たま》らずに、こうしてお詫《わ》びにやって来たのです」

植木は力をこめて言った。こちらの誠意や気持を汲んで欲しい。それがひとりでにきおい立った言い方になった。

「それは、わざわざ済みませんね」

中田は、もの憂そうに答えた。

「しかし、今度のことは、折角《せっかく》ですが、簡単には済みませんよ。わたしん方は、詫びられても謝られても、そりゃ仕方がありませんね、で済みますが、和同さんはそうはいきません。ひどい立腹《りっぷく》の仕方です。それは無理はないでしょう。折角、張り切って売り出している商品にケチをつけられたんですからね。たとえ、あなたん方が田舎の小さな新聞でも、信用を傷つけられたら憤りますよ」

「いや、全くその通りです。どうも編集とうまく連絡がとれなかったものですから。わたしも、ランキロンと名前が新聞に出たのには、ぎょっとしました。どうも、まことに不手際なことをしました」

植木は、謝るほかに能がなかった。下手《へた》に逆《さか》らってはいけない。和同製薬は諦《あきら》めてもよいが、弘進社から見放されたら最後だ、という気持が胸に詰っていた。

「編集と連絡がとれないとおっしゃるけれど、中央の大新聞じゃあるまいし、小さな地方紙ではその言い訳は通りませんよ。尤も、おたくだけは大新聞に負けないくらいの誇りがあるのかもしれないけれどね」

「中田さん、そう皮肉をおっしゃらないで下さい」

植木は唇を笑わせてお辞儀をした。

「いや、皮肉じゃありませんよ。現に、R新聞の扱いを見て下さい。いや、もう見てるでしょうが、あれが本当のやり方です。おたくは何もかも逆だ。訂正的な記事だって、一段の小さなものじゃありませんか。自分の方が軽率なことをしておいて、そんな法ってないよ」

中田の薄い唇はよく動いた。

「おっしゃる通りです。どうか今度だけは和同さんをとりなして、謝りを入れて下さい」

「植木さん」

と中田は改ったように呼んだ。

「あなたは単純に考えておられるようですが、事態はもっと深刻ですよ。わたしが冗談にあなたを電話なんかでおどかしていると思われたら大間違いです。今日は、まだ名倉課長が北海道から帰っていないから、こちらのはっきりした考えは申し上げられないが、和同さんのランキロン問題についての釈明広告は、さし当り、全四段のサービスにして下さい。いま和同さんでその原稿を書いています。これだけは、はっきりしています」

「承知しました」

植木はすぐに受けた。せいぜい半三段くらいと踏んでいたが、全四段と宣告された。Q新聞は広告欄が三段制だから、一段だけ記事面を削らなければいけない。また、森野と渡り合わねばならないかと思うと、気鬱だったが、いまの場合、丸呑みにしなければならなかった。しかし、その無理を通したことで和同製薬のあとの出稿がつづいたら、かえって有難い話であった。

「それと、その後の和同さんの出稿は、おたくとは解約になると思って下さい」

「え、解約?」

植木は、突然、殴られたようになった。

「そうですよ。そう言っちゃ失礼ですが、和同さんはおたくのような新聞は歯牙《しが》にもかけていないんですからね。それを、われわれが努力して、三拝九拝しながら原稿を貰って来るんです。こっちの身にもなって下さいよ。わたしん方も、随分と、和同さんには足を運んでやっと可愛がってもらうようになったんですから、こういう問題が起ると、和同さんの怒りを鎮《しず》めなければなりません。なにしろ大手筋のお客さんだから、失いたくありません。こっちも商売ですからね。こうまで先方に怒られると、もう口さきだけの外交ではおさまりませんよ。何とか実体で誠意を見せなくちゃね。申しわけないが、おたくとは全面的に取引を中止することになるでしょう」

植木は、あたりの騒音が急に聞えなくなった。

六

その夜、植木欣作は、神田の旅館に泊った。宿は甃《いしだたみ》を敷いた坂の途中にある。静かだが、寂しい場所だ。表の通りには街灯《がいとう》が疎《まば》らにあって、黒い影の方が多い。肩を寄せた男女が幾組ものろのろと歩いて通ってゆく。部屋の裏は東京の中心地が沈んで、賑やかな灯がひろがっていた。

弘進社のあるあたりにもネオンがこまかな点となってかたまっていた。しかし、弘進社は窓の灯を消しているに違いない。そこの社員は、今ごろは、家に帰っていたり、飲屋で酒を飲んでいたりしているのであろう。弘進社という地方の小新聞を脅かしている怪物は、夜は機能を分解して停止しているのだ。彼を嗤《わら》い、彼に毒づいた中田は、現在、どうしているのか。燗酒《かんざけ》を飲屋の女中の酌《しゃく》で飲んでいるか、アパートの狭い部屋に寝転んで雑誌を読んでいるかしているのであろう。貧しい、小さなサラリーマンなのである。それが明日になると、また彼を威嚇する人間になってくる。

電話が鳴った。申し込んだ長距離市外が出た。

「専務はご在宅ですか？」

女中の声で、いないと答えた。遠い声である。

「東京に来ている植木ですが」

それを聞いて女中の声は専務の妻に代った。嗄《か》れた声だった。

「何時ごろお帰りですか？」

「十時ごろになると思います。そのころ、かけてみて下さい」

冷淡な口吻《こうふん》である。専務の妻は何ごとも知ってはいない。丁度《ちょうど》、彼の妻が彼の仕事を半分も理解しないのと同じであった。植木は電話を切ると、宿に晩《おそ》い夕食を出すように言いつけた。今日は空腹を感じなかった。

はずまない食事をしていると、外から三味線《しゃみせん》と笑い声と手拍子《てびょうし》が聞えた。

「宴会らしいね」

前に坐っている女中に言うと、すぐ隣りの旅館だと言った。

「お客さん、おひとりでお寂しいですね」

女中は笑った。

「トルコ風呂《ぶろ》でもいらしたらどうですか、東京名物ですよ」

「そうかね。しかし、もうそんな年齢ではない」

「あら、随分、ご年輩の方がいらっしゃいますよ」

女中は植木の耳のあたりを見つめていた。そこに白髪がかたまっているのを植木は知っていた。この頃は、体重も軽くなってゆく一方だった。

食膳《しょくぜん》を引くと、女中は床をとりはじめた。植木は窓際の椅子に腰かけて外を眺めている。街の灯が少なくなったように思われた。

電話が鳴った。植木は椅子から大股で歩いた。

「××からです」

交換手が長距離を告げた。専務だな、と思った途端、

「小林だ」

と専務の太い声が流れた。が、それは厚い壁の向うから聞えるように霞《かす》んでいた。

「ご苦労さん。いま帰ったところだ。電話をもらったそうだが」

気がかりな調子が性急な声に籠《こも》っていた。

「どうだったかね？」

「あまり調子がよくありません」

「え、なに？」

女中は蒲団《ふとん》を敷き終ると、黙っておじぎをして襖《ふすま》を閉めた。植木は大きな声を出した。

「どうも思うようにゆきません。何しろ、郷土新聞課長の名倉氏が北海道へ出張して留守なものですから、要領を得ないんです」

「いつ、帰るというの？」

「まだ、四、五日はかかるらしいんです」

「そうか。それまで、君がそっちで待つより仕方がないんだろうね」

専務の声は、植木に頼っているようだった。

「はあ、止むを得ないと思います」

「それで、そっちの空気はどうなんだね？」

「うちから電話したときと同じ状態です」

植木は送話器を手で囲って言った。

「相手の人間も同じ副課長の中田ですから、いろいろ煩《うるさ》いことを言っています。尤も、この男は少し威張る方ですが」

弘進社はQ新聞に対して全面的に取引をやめるかもしれない、と言った中田の言種《いいぐさ》を植木は、正直に専務に取り次ぐ勇気はなかった。それに、課長の名倉忠一の言葉を聴くまでは決定的ではないのだ。

「和同製薬の方へは行ったかね？」

専務は訊いた。

「行きました。とにかく、お詫びをしなければいけないと思って、すぐに行きました」

「そう、それでどうだった？」

「向うでは、宣伝部長も次長も留守だといって会ってくれないんです」

これは正直に言った方がいい、と植木は思った。

「尤も、これはあとで、拙《まず》いと思いました。やはり、弘進社の誰かと一しょに行かなければ、よけいに弘進社を刺戟《しげき》することになるでしょう。だから、このことは中田には言っておりません」

地方の小新聞が、直接に広告主に会うのは挨拶の時だけである。毎度、有難うございます、と営業的な儀礼の場合だけが許されるのである。その本来の取引上の問題となると、代理店という厚い硝子の壁に仕切られて、接触が出来ない。広告主の意向は代理店を濾過《ろか》して流れ、新聞社の意見は代理店を通じて先方へ伝えられる。しかし、代理店は両方の単純なパイプではない。弱い立場の新聞社に対しては、代理店自身の特別な意志が加わってくる。

だから、新聞社の広告部長が単独で、直接に和同製薬に謝罪に行くことさえ、扱店の弘進社には、遠慮しなければならないことなのである。まして、広告主の和同製薬はQ新聞のような田舎新聞は眼中に無いのだ。そこの貧弱な広告部長が、ひょろひょろとひとりで訪ねて来たところで嗤っているだけであろう。

「そうか」

遠い電話の向うで、専務は声を落した。専務もその弱い立場を意識したようだった。

「とにかく、君は郷土新聞課長が出張から戻ってくるまで待って居給え。これは、その人によく頼み込むほかはない」

「分りました」

植木は言った。

「それから、ランキロンの中毒事件についての釈明広告ですが」

「うむ」

「和同製薬では、いま文案を作成中だそうです。中田の話では、全四段を一の面に、全額新聞社負担で載せろというんです。無料サービスは止むを得ないと思いますが、全四段というのが問題です。うちは三段が建頁ですから、四段となると、記事面から特別に一段を貰わねばなりません。この辺の編集との調整を専務にお願いしたいと思うんですが」

編集局長の森野義三の肥った顔を植木は眼の前に泛《うか》べていた。編集権の侵害だと憤って、植木には口を利かない男である。

「その方は、よろしい。ぼくの責任でやる」

専務は請《う》け合った。

「こっちはどのような犠牲でも忍ぶからね、そっちの方の諒解工作をよろしく頼むよ」

ご苦労さん、と声を残して専務は電話を切った。植木は受話器をゆっくりと置いた。

植木は煙草をとり出して喫《す》った。上から見下ろす中心街の灯の群は、また以前よりは少なくなったようである。植木は、名倉郷土新聞課長が帰社するまでの五、六日の滞在期間を想《おも》った。退屈で、苛立《いらだ》たしい期間である。毎晩こうして無意味に街のネオンを眺めなければならないであろう。見物に出る気持も起らない。東京が色彩の無い、灰色の憂鬱な都市に見えた。懲罰が決定するまで、彼は宙ぶらりんの位置である。それなのに、毎日、弘進社には足を運ばなければならないのだ。名倉課長の予定が変更になって、思ったより早く帰ってくるかも分らないからである。その度に、若い中田の突慳貪《つっけんどん》な顔に卑屈な愛想笑いを向けなければならぬ。それだけが彼の目下の仕事であった。植木は煙草を二本つづけて喫《の》んだ。身体は疲れているのに、少しも睡《ねむ》くはなかった。

翌日植木は弘進社に行った。表のドアを押すのに気が滅入ってくる。見渡すと、中田は誰かと話していたが、植木の入ってくる姿をちらりと見たようだったが、知らん顔をしていた。身体を椅子の上に曲げて、股を開いている怠惰な恰好《かっこう》である。相手の中年男はきちんと足を揃えて腰かけ、中田を見てつつましやかに笑っていた。小さな地方紙の広告外交員という見当は植木にはすぐについた。

「中田さん、今日は」

植木は営業台のこちらから挨拶した。

やあ、と中田は仕方なしに初めて気づいたように顔を向けたが、すぐに先客の方に顔を戻して、こっちへ入れとも言わなかった。

中田は机の抽出《ひきだ》しを開けたり閉めたりしている。その動作は無意味のように見えるけれども、植木には判っていた。抽出しの中には、広告主から預かった広告紙型が重なって入れられてあった。地方小新聞の広告外交が、咽喉から手が出るくらい欲しいもので、中田の動作は、紙型の山を見せびらかすことで、相手の単価を叩こうという魂胆《こんたん》であった。そのやりとりの様子を、植木は少し離れたところに立って見ていた。外交員は困惑した顔で苦笑している。中田は、やはり気の乗らない顔つきをして、わき見をしたり、通りがかりの同僚に話しかけたりしている。外交員は誘惑に負けて、肩を落して出て来た。

「植木さん」

中田は椅子から起ち上ると、あくびをして言った。

「まあ、こっちへお入んなさい」

植木は口にくわえていた煙草を捨てた。

七

「課長には連絡しましたよ」

中田は植木をじろじろと見て言った。植木にはそれが、どうです、昨夜睡れましたか、と訊いているようにみえた。

「ああ、そうですか、それはどうも」

植木は頭を下げた。

「名倉さんはね、北海道からこっちに真直ぐに帰らないで、東北から北陸を廻って帰ると言ってるんです。だから、帰社の予定が延びたわけですよ」

中田は、唇の端に薄笑いを泛《うか》べて言った。頰が尖っているから、すぼんだところに皺が寄り、若いくせにいやらしく見えた。

「延びる、それは何日くらいですか？」

「三四日は長くなるでしょうね」

植木は、やり切れなさを感じた。この状態でもっと長く辛抱しろというのか。ふと、このとき、中田が意地悪なことを企らんで嘘をつき、こちらをじらしているのではないかという錯覚が起きたくらいであった。

「課長には、あなたが見えたことを言いましたよ。すると、課長は、そんなに待たしては気の毒だから、一先《ひとま》ず、お帰り願ってくれ、ということでした」

「しかし、私の方は」

植木は喘《あえ》いで言った。

「いつまでお待ちしても構いませんが」

「いや、それは僕の方の都合です」

中田は、ぴしゃりと戸をたてるように言った。

「名倉さんが帰っても、すぐにおたくとの処置を決めるわけにはいかんでしょう。そんな簡単なことではありませんからね。和同さんとの折衝もあるし、うちの重役たちとも相談せねばならんことです。かなり時間がかかります。あなたもお忙しい身体ですから、こんなことで東京に縛っておくわけにもゆきません。どうか、一先ずお帰り下さい」

こんなこと——弘進社や和同製薬にとっては、こんなことかもしれなかったが、Q新聞にとっては危機に懸っていた。

「いや、お待ちする分は、いくらでもお待ちします。そのために私はこっちへ出て来たんですから」

「いや、これは課長の気持です」

中田は、植木の執拗《しつよう》さが迷惑だというように言った。

「とにかく、お帰り下さい。課長が帰ってきても決定はあとになりますから」

「すると」

植木は、手がかりを外されて絶望して言った。

「ご通知は、いつ頃、頂けるんでしょうか？」

「それはですな」

中田は、緩慢に言った。

「名倉さんがおたくの方へ行くと言ってますよ」

「え、私の社へ？」

植木は中田の顔を見つめた。

「そうです。名倉さんがそう言いました。どうせ、おたくばかりでなく、あの地方の各社を廻らなければならないので、その用件を兼ねてお伺いすると言ってました」

植木は眼を伏せた。弘進社の意図がどこにあるか見当がつかなかった。

「中田さん」

植木は上体を前に出した。

「なんですか」

「この話の落着まで、わたしの方への出稿量には変りはないでしょうね？　それをお伺いしたいのですが」

中田の眼は植木の気魄《きはく》に、一瞬、気圧《けお》されたように見えた。

「さあ、それは」

と彼は迷ったように言った。

「課長が何とも言わないから、その方の変化はないでしょうな」

「有難う、ぜひ、そうお願いします」

植木は礼を言った。中田は机の上のマッチをとると、乱暴に煙草に火をつけた。

「植木さん」

と彼は脚を組みかえた。

「とにかく、これは困った問題ですな。おたくも、えらいことを惹《ひ》き起してくれました」

威厳をとり戻すような口吻《こうふん》であった。

「和同さんのご機嫌はなかなか直らないんですよ。おたくもお困りでしょうが、わたしの方も困るんです。何度も言いますが、わたしの方にとっては、かけがえのない大手筋のお得意さんですからね。これは充分におたくも責任をとって貰いたいんです。尤も、おたくに責任をとって頂いても仕方がないかな。和同さんは、うちだけが相手ですからな」

植木は侮辱を感じないように抑えた。

「申し訳ありません。ただ、お詫びするほかありません。あなたの方のご都合がよかったら、和同さんには、ご一しょに行って頂いて、謝罪に参りたいくらいです」

「そりゃあ、うちの方の話が済んでからにしましょう、いま、和同をあなたがのぞいても仕方がない」

中田は吐くように言った。

「無論、そうします」

植木は逆らわずに、おだやかに言った。

「しかし、中田さん、わたしがこうして、こっちへ出て来たことは、その誠意を認めて下さいね。これは、名倉さんにも和同さんにも、伝えて頂きたいのですよ」

「分りましたよ、そりゃあ」

中田は、半分面倒臭そうに答えた。植木は椅子から腰を上げた。

その晩の汽車に植木は乗った。窓から見ると東京のまぶしい灯の群が流れ、次第にその凝集が崩れ、疎《まば》らに散り、暗くなって行った。これから一晩中、汽車の中に睡り、明日の昼すぎでないと、自分の土地に着かないのだ。この長い、東京との空間が、無意味で、無連絡で、腹立たしかった。中田のような若造に足蹴《あしげ》にされたという恚《いか》りはふしぎに起らなかった。弘進社という古びた、小さな建物が底に持っている暴力に腹が立ってならなかった。

昼すぎ、雨降りの駅に降りると、広告部次長の山岡由太郎が社の自動車をもって迎えに来ていた。植木の脂の浮いた黝《あおぐろ》い疲れた顔を見て、

「どうもご苦労さまでしたね」

と頭を下げ、鞄《かばん》をとった。

「如何《いかが》でした？」

山岡は車の中で訊いた。いかにも心配でならぬように眉を寄せていた。

「面白くない」

植木は答えた。大体の報告は東京からしてあるので、山岡の質問は、弘進社の空気のことであった。

「万事は、名倉がこっちへ来てからだ。中田には随分、厭味を言われてね」

植木が言うと、

「中田なんかには分らんでしょう。名倉さんがこっちへ来れば、僕は平穏におさまるような気がしますがね。問題の決定まで、弘進社の出稿が従来通りというのが、その証拠と思いますよ」

山岡は慰めるように言い、わざと笑ってみせた。それから、ポケットにたたんだ新聞をとり出して拡げ、今朝《けさ》の朝刊だと言い、

「こんな風に出しました」

と一の面の下の方を見せた。

「ランキロン」の釈明広告で、先方の言う通り全四段であった。大きな活字で組み、先日、当地方で「ランキロン」の中毒で患者が死亡したような記事が報道されていた

が、これは警察当局と当社派遣の技師が共同して調査したところ、全く誤報であることが判った。当社は信用ある一流製薬会社で決して当社発売の薬品に限ってそのような不良品があるわけではなく、どうか安心して従前以上にご愛用を願いたい、という意味が、宣伝文を兼ねて載っていた。

「編集はどう言ったかね？」

植木は変則的な四段広告を眺めながら訊いた。

「編集は一コロですよ。文句無しに一段くれました」

山岡は植木の機嫌をひき立てるように言った。彼も編集局長との経緯を知っていた。森野局長はどのような顔をしているのであろう。植木は新聞から眼をあげて外を見た。車の窓には雨が流れ、彼の住んでいる町が白い膜の中にぼやけていた。

専務室に行くと、専務は植木の顔を見て、眼鏡を外し、よう、と言って椅子から起ち上った。

「ご苦労さん、大へんだったね」

専務は植木の肩を敲《たた》いて慰めた。

「名倉氏がこっちへ直接に来るんだって？」

「そうです。それまで一応帰ってくれと強《た》って言うものですから、帰って来ました」

専務は顎をひいた。

「そりゃ仕方がないね。向うから出むいて話をするというのなら、待つほかはない。いい話かどうか分らないがね。まるで、仕置場に据えられたようなものだね」

専務は冗談を言ったが、植木には適切な言葉に聞えた。

「まあ、名倉氏が見えたら、こっちの誠意を尽して、極力頼み込もう。日程が、はっきりしたら、君、準備にかかってくれよ」

款待《かんたい》する用意の意味であった。

「予算はどれだけ費《つか》ってもいい」

専務は言い足した。

「今朝の朝刊、見たかい?」

「見ました。山岡君が駅まで持って来てくれましたので」

専務はうなずき、唇にかすかな笑いを泛《うか》べた。それは、ちょっと躇《ため》らうような微笑であった。

「君、森野君もね」

と編集局長のことを言った。

「話をしたら判ったよ。あの人は、大新聞の編集畑で育ったもんだから、広告や販売のことはよく分らないんだ。まあ、君も大目に見てやってくれ」

八

弘進社の郷土新聞課長名倉忠一が来るという通知があったのは一週間後で、その報《し》らせから三日後に彼は立ち寄る予定だった。

植木は専務と名倉を迎える準備をたびたび打ち合せた。名倉忠一の性格や好みは、大体研究され尽した。彼は、ちょっと見ると茫洋《ぼうよう》としているが、頭脳は良く、広告主の間の評判も悪くない。弘進社では第一に腕ききの男で、将来は専務か社長になると噂《うわさ》されていた。二十貫を越す大男で、酒は好きな方であった。三十九歳である。

彼の妻は三十六歳で、十五になる女の子と十一の男の子とがある。このようなことを知っておく必要は、名倉課長に持って帰って貰う土産物の選択からであった。この地方は織物の産地で、特殊な織り方で知られていた。手織りで、大量生産でないだけに高価なのである。名倉には、この生地《きじ》を一匹《ぴき》、彼の妻には柄の異ったものを二匹贈呈することにした。専務は織元と識《し》っているので、その最良のものを択《えら》びに出向いた。料亭も、この市で最も大きな家を予約し、その日は一流の芸妓を数人確保した。二次会用として、近ごろ東京風を真似て立派に出来たキャバレーとも特約した。料亭の方は植木が、キャバレーの方は山岡が奔走した。連絡によると、名倉郷土新聞課長の予定は一泊ということになっており、旅館も最高の部屋を予約した。

「まるで天皇の巡幸だね」

編集局長の森野が冷笑していたという話を植木は聞いた。局長は植木をまだ快く思っていない。専務から言われて、「ランキロン」の広告に一段を譲ったが、それを口惜しがっているのかもしれない。植木と会っても、眼を別のところに遣《や》って挨拶を返さないのである。中央紙の大きな機構の中に身を置いてきた人間だけに、そのときの習慣と意識を、まだ、この地方小新聞に持ち込んでいた。大新聞の社会部長だったという経歴が彼の自慢であり、営業には関心が無いというよりも軽蔑していた。彼は専務もやらないゴルフに熱中しているが、それも編集局長の体面だと考えているようだった。

しかし、森野が、名倉が東京からやってくるのを天皇の巡幸と言ったのは、適評かもしれなかった。弘進社の郷土新聞課長の名倉忠一は年に二回くらいは、打合せと称して、各地の小新聞社を歴訪する。新聞社は、その広告部は勿論、重役連が出迎えて彼を款待するのである。名倉は新聞社を、お得意さま、と言っているが、小新聞社側にとっては、その広告経営の死命を制せられている弘進社の郷土新聞課長は、無論、大切な賓客であった。どこでも、彼は大事にされ、機嫌をとられる。出来るだけ扱い高を増してくれるように頼み込むのはむろんだが、彼の機嫌を損《そこ》ねて現在の広告高が減らされることのないよう、気を配ることもなみ大ていではなかった。名倉が機嫌よく去ってくれると、たとえば天皇の巡幸が事故無く、別の管轄県に移ったと同様な安心をうけるのであった。

普通でさえそうである。Q新聞が名倉を迎えるのは、すこし誇張していえば、社運を賭けているのであった。

弘進社郷土新聞課長名倉忠一が着いた日は、空が曇り、薄陽《うすび》が差していた。植木欣作は次長の山岡由太郎と、広告部員二人を随えて駅に出迎えた。列車が到着する二十分も前から彼らはホームに出ていた。植木は、待っている間、なぜか身震いが熄《や》まなかった。

列車が停《と》まると同時に、二等車の入口から山岡次長は降りる客を掻《か》き分けてとび込んだ。窓の中では、名倉忠一の肥って、ずんぐりした姿が見え、山岡がしきりとおじぎをしながら名倉の荷物を両手で蒐《あつ》めていた。

名倉忠一は客のあとから降りた。大きなハンチングを被り、薄茶のスコッチ風の粗《あら》い織りの洋服を着ていた。それが、名倉の赭《あか》ら顔と、膨《ふく》れた胴体とによく似合った。

植木欣作はその前に進んで、

「名倉さん、ようこそ。お疲れでしたでしょう」

と挨拶して頭を下げた。

名倉は、白っぽい大きなハンチングのひさしに指をちょっとかけて、

「やあ」

と会釈《えしやく》の恰好をした。薄い眉毛の下の眼が細く笑い、厚い唇が少し開き、脂《やに》のついた黒い歯が覗《のぞ》いた。その表情は決して不機嫌ではなかった。植木はすこし安心した。

自動車は二台を用意し、Q新聞で一番上等の社長用のキャデラックに名倉と植木が乗り、あとの車には名倉の鞄を守るようにして部員が二名乗った。山岡は名倉の前の

助手席に背中を見せていた。

「どうも、このたびは」と植木は車の中で頭を低く下げた。

「大へん、ご迷惑をおかけして申し訳ありません。実は、すぐにお詫びに上ったんですが」

「聞きましたよ、丁度《ちょうど》、あたしが北海道に行って留守だったもんで」

名倉の白い帽子の下の赭い顔はにやにや笑っていた。

「北海道は好かったですよ。季節も丁度よかったし、ちょいとこっちに帰ってくる気がしませんでしたな」

車が社の玄関に着くまで、名倉の濁《だ》み声は、登別《のぼりべつ》や十勝《とかち》平野の名所の感想で続いた。悪い機嫌ではない。が、植木の謝罪をわざとかわしたようなところもあり、植木はまた不安になった。助手席にいる山岡が、ときどき振り返り、名倉の話に相槌《あいづち》を打っていた。

時間が分っているので、社の玄関には専務と編集局長とが出迎えていた。植木は局長と眼が合ったが、局長はわきを向いた。

専務が自動車から降りた名倉に頭を下げた。森野局長も、愛想笑いをしていた。名倉はハンチングを取り、禿《は》げ上った頭をにこやかに屈《かが》めた。

一応、専務室に名倉を通した。専務室はこの賓客のために清掃され、飾られてあった。名倉忠一を正面のソファに、それを囲むようにして、営業局長兼務の専務、森野編集局長、植木とが椅子に坐った。

紅茶と菓子が出て間もなく、カメラマンが入って来て、世間話をしている名倉忠一に、縦から横から、いろいろな角度でフラッシュの光を当てると、一礼して出て行った。

「あたしも大臣なみですな」

深いソファにまるい胴体を沈めた名倉は笑っていた。しかし、その皮肉は森野には通ぜず、

「今晩の夕刊に出させて頂きますよ」

と局長は微笑を向けた。いかにも自分の指図でそうしたという口吻であった。

専務が椅子から起ち上ると、姿勢を正して名倉に改めて膝を折った。

「どうも、今回は、いろいろと手違いが起りまして、和同製薬さんには御不快をかけ、ひいては弘進社さんに思わぬ御迷惑をおかけいたしました。早速、広告部長をお詫び

に上京させたのですが、折悪しく、名倉さんが御出張中でお目にかかることが出来ませんでした。幸い、今度、当社にお見えになりましたので、この機会に、私から深く手落ちをお詫び申し上げます。この失態は全く私の責任でございます。どうか、当社の誠意をお酙《く》みとり下さいまして、御了承を願いとう存じます」

専務のおじぎにつれて森野も、植木も椅子から立って頭を下げた。どういうものか、肥った森野は植木よりもずっと丁寧な敬礼をした。

「いやあ、どうも恐れ入ります」

名倉忠一は禿げ上った頭に手をやり、笑い出した。大きな声で爆発するような笑い方であった。

名倉は機嫌がいい。そのあとでも、森野義三の肥えた身体に眼を向けると、局長の体重は何貫ぐらいありますか、と訊いたりした。二十三貫だと聞いて、ひどく感心した顔つきをし、あたしはこれで二十貫そこそこだが、夏が一ばん辛いというような話をした。森野は椅子から身体を乗り出し、ゴルフをおやりになった方がいいでしょう、あれをすると瘦《や》せますよ、と健康上のことを言い出した。名倉は、実は人にすすめられてやり始めました、というと、森野はわが領分だとばかり、いろいろ訊いて、お時間があったらぜひ試合をお願いしたいのですがなあ、とお世辞を言っていた。

名倉は笑ってばかりいる。話は仕事に関係のないことに限られていた。笑っているのは機嫌の悪くない証拠であろうが、そのとぼけたような顔つきからは、彼の肚《はら》は量りかねた。

植木が手洗いに中座すると、専務が追ってきた。

「君、あのことはいいんだろうな?」

専務にも判らないらしかった。

「さあ」

植木も、名倉がはっきりした返辞を言わないので落ちつかなかった。

「私も気にかかるんですが、あとで、もう一度、確かめておきましょう」

「しかし、あれが名倉氏の肚芸かも判らないな。笑いとばしてばかりいるようだけれど、それが円満解決という含みじゃないかな。あんまり正面切って言い出すのも変かもしれない。念を押すのもいいが、折を見た方がいいね」

専務も迷っていた。

植木が仕事を見るために、ちょっと机にかえると、次長の山岡が心配そうな顔つきで寄って来た。

「部長、名倉さんはどう言いました？」

「はっきり言わない。ほかの話ばかりして、げらげら笑っている」

山岡は小賢《こざか》しく首を傾《かし》げていたが、

「そりゃ大丈夫でしょう、部長。名倉さんは太っ肚な人だから、それは、あのことはもう済んだ、ということなんでしょう」

と植木の顔を見て元気づけるように言った。

「そうかな」

植木は、山岡の独断に、ともかく多少は明るくなった。

九

その晩の宴会でも、名倉忠一は相変らず、茫洋《ぼうよう》とした顔に笑いを湛《たた》えていた。酒はいける方で、局長とも、次長の山岡ともいい勝負であった。山岡は世話役で、痩せた身体を立ったり坐ったりさせて、敏捷《びんしょう》に動いている。

名倉は酒の話に移っていた。各地を旅行しているだけに、講釈が細かい。その相槌《あいづち》相手も森野局長がしていた。彼も酒に詳しいが、特に、以前の新聞社で特派員として外国にいたころの、向うの酒の想い出を話していた。これは名倉の知識には無いものとみえ、あまり気のりのしない顔つきをしたので、森野はうろたえて話を引込めて、別な話題に移った。

彼の様子には、明らかに名倉忠一に対する阿諛《あゆ》があった。広告のために新聞を作っているのではない、編集は編集だ、と植木に眼をむいた彼は、その言葉を忘れたように広告扱店弘進社の郷土新聞課長に奉仕をしていた。彼が広告を俄《にわ》かに理解したとは思われない。或は、「ランキロン」の記事を不覚に載せたことの責任をそれほど深く感じているとも思われなかった。それらのことは別なのだ。要するに、専務の前での保身であるように思われた。

彼は植木には、やはり眼をそむけ、言葉を決してかけて来ようとはしなかった。まだ、敵意が露骨にみえた。

芸者が、金屛風《きんびようぶ》を背に、踊りはじめた。郷土の唄《うた》と踊りである。名倉は眼を細め、熱心に鑑賞していた。踊っている芸妓は三人で、真ン中のが一ばんうまく、顔も綺麗であった。名倉の眼はその方に注いでいた。

踊りが済むと、芸妓たちは客の傍に寄って、銚子《ちょうし》をとった。

「君」

と専務が踊りのうまい妓《こ》に言った。

「お客さまの傍《そば》に行ってくれ」

名倉忠一は床柱を背にして、ずんぐりした身体を脇息《きょうそく》に傾けていた。赭ら顔は、いよいよ真赤になり、盃をしきりとあけていた。

「名倉さん」と専務が身体を前に屈めていった。

「このコは、ぼたんと言うんです。当市の一流中の一流ですよ」

名倉は、芸妓を斜めに見ていたが、身体を起して笑った。

「そうですか。なるほど綺麗だな」

彼は窺うように芸妓の顔を視《み》た。

「これは、東京の、そうだな、新橋でも赤坂でも一流になれる。まず、いこう」

盃を渡すと、みなが声を合せて笑った。その中でも山岡の声が最も高かった。

芸者は、みなで六人であった。三味線が賑やかに鳴り、客も妓《おんな》たちも唄った。招待側の方からは山岡が一ばんに立って、女中から支度を手伝って貰い、奴さんとかっぽれを踊った。

「うまい。なかなか芸人ですな」

名倉は褒《ほ》めた。

専務は芸が無いからと辞退し、森野は都々逸《どどいつ》を唄った。植木も下手な黒田節を口にした。最後に、名倉は年増芸者に三味線の調子を注文し、小唄を唄った。厚い唇をまるく動かし、存外に渋い佳《よ》い声であった。招待側は一斉《いっせい》に手を敲《たた》いて賞讃《しょうさん》した。

「旦那さん、いい咽喉だわ。もう一度、聴かせて。しんみりとするわ」

ぼたんが名倉の腕に縋った。

「ね、アンコールよ。アンコール」

「莫迦《ばか》言え」

と名倉は、ぼたんの手をとった。

「そうやすやすとは唄えないよ」

「あら、よろしいじゃないの。わたし、あなたの声に惚れたのよ。アンコールして頂いたら、二度惚れするわ」

みなが笑った。その笑いの中には、やはり名倉に対する迎合があった。名倉は上機嫌で、ぼたんを見ながら、二度目を唄い出した。

専務は、植木を蔭に呼んで言った。

「この調子なら、大丈夫だよ」

弘進社からの出稿問題であった。

「下手に言い出さない方がいいな。名倉さんのあの様子は、万事了承という肚だよ。正式なことは、東京に帰社してから報《し》らせるというつもりだろう。しかし、それはワンマンの名倉氏の裁量で決定的だろうからな」

植木も、そう思った。

「君、名倉氏はどうやら、ぼたんが気に入ったらしいぜ。ちょっと、女将《おかみ》に当ってくれないか？」

植木はうなずいて、こっそりと別部屋に行った。芸妓の明かしの交渉をするのは初めてである。彼は自分で赧《あか》くなり、どもりながら女将に向った。

「植木はん、お役目ご苦労だんな」

女将は請け合ってから、口をすぼめて笑った。

席に戻ると、森野局長が、名倉に、これからキャバレーにご案内しましょうかと、誘っていた。

「いや、少し疲れましたのでね、やっぱり年齢のせいですよ。もう、動きたくありませんな」

名倉は身体を崩し、弾《はじ》けるような笑い声を立てた。

ぼたんが女中に耳打ちされて小さくうなずき、こっそり立って行った。

その晩、植木は家に帰ってよく睡れた。も早、これで名倉忠一の意志は決定的であった。機嫌のよい笑い声と、招待者側の意のままになってゆく彼の行動は、すべて暗黙の諒解であった。二百三十段の喪失はこれで救われたのである。Q新聞広告総段数の三分の一である。随分、永い間の苦労のように思われた。東京に滞在した三日間のやるせない絶望感を考えると、何か深い谿《たに》間《ま》を覗いて来たような気持であった。才気走った中田の影も、名倉忠一の笑い声の中に埋没してしまっている。植木は夢も見ずに睡った。安心がこれほど人間に熟睡を与える経験は初めてであった。責任をとらなくとも済んだのである。

頼んでいたので、朝、七時には妻に起されて、そのまま朝飯も食べないで、駅に駆けつけた。見送りのため、専務も、森野局長も来ていた。

「お早う、ご苦労さん」

専務は植木を見て微笑した。その顔を見ると、彼の安堵が表情に漲《みなぎ》っていた。専務もやはり昨夜はゆっくりと熟睡したに違いなかった。森野は植木を見ないように、身体を横に曲げてゴルフ練習の真似をしていた。

「よかったな」

専務は植木の傍に来て低声で言った。

「安心しました」

と植木も答えた。

「今だから言えますが、毎日、七段あまりの白紙広告が出るかと思うと生きた心地《ここち》はしませんでしたよ」

専務は笑いながらうなずいた。植木の多少誇張した言い方を、彼の今の気持になってうけとってくれた。

社のクライスラーが駅に着いた。旅館まで迎えに行った山岡が先に降り、手早く荷物を持った。その荷物には名倉とその妻への土産の織物がふえていた。

「やあ、どうも」

名倉忠一は、やはり白い鳥打帽に手をかけて、満面に笑いを浮べていた。その笑いには、芸者との昨夜のことで、多少のてれ臭さがないでもなかった。が、そのように思うのはこっちの思い誤りかもしれない。名倉忠一は、いわば不得要領な豪傑笑いをしていた。

「大へん行き届きませんで」

専務が頭を低く下げて挨拶した。

「いやいや、こちらこそ、お世話になりました。お土産まで頂いて恐縮です」

名倉が先に行き、専務がすぐうしろに随ってホームに出た。列車の到着間近で忙しい空気であった。名倉は、何か思いついたように、

「専務さん」

と呼んで、二、三歩、植木たちの立っているところから離れた。それは忘れものでもしているような呼びかけ方であった。気軽に専務はずんぐりした名倉の傍に近づいた。

「専務さん」

と名倉は、言った。名倉忠一の顔は、このとき、今までずっと見せつづけていたあ

の豪放な笑いが消えて、薄い眉毛の下の細い眼が妙に真剣に光っていた。名倉は専務の耳に口を寄せた。

「あたしもね、折角、ここに来たんですから、今度の厄介《やっかい》な問題については、和同製薬さんに何かオミヤゲを持って帰らねばなりませんでな。これは分って頂けるでしょうね」

列車がホームに滑り込んでくる前の、ほんの二、三分間のことであった。

専務の顔色が変った。オミヤゲの意味を知ったのである。

「じゃ。どうも」

名倉は列車がつくと、再び大声で賑やかに笑いを出しながら、見送り人たちに手を振って特二車輛の内に消えた。

Q新聞広告部長植木欣作は、専務の懇願で、その日のうちに、辞表を出した。

背広服の変死者

一

私は明日死ぬつもりである。線路にとび込むか、薬を嚥《の》むか、首を縊《くく》るか、未《いま》だどれとも決めていないが、とに角、明日決行しようと思う。

自殺の方法はいずれにしても、私は一切身許《みもと》の知れる遺留品は残さぬことにする。名刺の入った定期入れはもとより、ポケットに入っている古領収証や紙ぎれの類、万年筆、煙草ケース、ハンカチなどはみな捨てるか焼いてしまう。勿論、上衣のネームや、ワイシャツについた洗濯屋の縫付などもとってしまう。その一部はもう実行している。要するに私はどこの何者とも知れぬ変死体となることを希望する。

その理由の一つは、私の死亡をすぐに確認されたくないからだ。少くとも私の勤めている社には私の死んだことを知って貰いたくない。そうすれば当分は私の月々の給料は家族に渡るであろう。半年か一年間は、それによって食いつなぐことが出来る。

これがせめてもの妻子への私の情ない心づかいである。

もう一つは、私の身許が分れば、妻はわざわざこの遠い東北の涯《はて》まで死体を引き取りに来なければならない。その旅費や、そのあとにつづく葬式代などの負担をかけさせたくないのである。それでなくとも長い貧乏と溜った借金で妻は苦労をしている。

私が身許不明の死人を希望する原因は、全く右の金銭的な考慮に止《とど》まるのである。人間も三十八になれば恥も外聞もなくなる。金のことがなければ変死体の主が横代憲太郎とすぐ判っても一向に差支えがない。私は他人の憫笑《びんしょう》や嘲笑を惧《おそ》れはしない。死後の、そんな見栄めいた気遣いなどは少しもないのである。

いよいよ明日死ぬとなると、さすがに眼が冴えて睡れない。陰気な小さな宿は寝静まっている。東北の、それも山の中に入ったあたりで、ふらりと降りた名も知れぬ小駅である。来がけに車窓から眺めたら、この駅は朝靄《あさもや》の中に閉込められて見えなかった。私はまる二昼夜、汽車にのってここへ辿《たど》りついたのだった。身許が分らぬように死ぬには、出来るだけ遠くがよい。この辺りまで来てしまえば、降りる所はどこでもよいのである。

睡れぬままにいろいろなことを考えている。煙草をかなり喫って、吸殻が灰皿に山をつくった。いつか子供のときに、近所の山に首つり死体を見に行ったことを思い出した。死人の足もとには、煙管《きせる》一本と、艾《もぐさ》のような黒い吸殻がいっぱいに散乱していた。きっと死の前まで、長い時間をかけて考えていたのであろう。

私が自殺したと聞いたら、友人たちは、その原因を女の問題と借金の行詰りに求めるに違いない。それが間違いだとはいわない。実際、ここ数年間は、あの女のことで私は引きずり廻され、どぶの中でもがいているような暮しであった。そのため随分無理算段をした。借金を次々にこしらえていった。それでいて酒もやっぱり飲み、競輪や麻雀に凝った。借金はふえるばかりだった。給料は会計に泣きついて前借りの連続で、息の切れそうな生活だった。

私は妻と喧嘩すると、勤めを何日も休んで女のところに行って、ごろごろした。女にも金を与えなくてはならない。女と喧嘩すると社の寮の友人の部屋に転げ込み、そこで飽かれると、女房のところに帰った。そういう生活の繰り返しであった。行詰らぬのが嘘《うそ》である。

しかしそれは私の死の誘因であっても、原因ではない。原因はもっと他にある。女とか借金とか競輪とか酒とかは、あとからくっついて重なった附加物である。本体はそれではない。

二

私は或る地方の大きな新聞社に勤めている。旧制の高等学校卒、勤続十八年、月給は手取り三万円と少しである。このほか真面目につとめれば時間外手当が月に四、五千円くらいある。新聞社といっても編集ではなく、広告部の校正係が私の仕事である。

私は入社した時から校正係で、今まで一度もほかの係に移されたことはなかった。この係は広告部の部屋の片隅に机を貰い、陽もめったに射さぬような薄暗い場所で、昼間から電灯をつけ放しにして仕事をするのである。そこでは広告主の出した原稿と、工場から下りたゲラ刷とを照し合せ、赤インキで筆を入れたり、読み合せをしたりする。

その机の位置が暗示するように、校正係は広告部では全く片隅的な存在であった。ここに一たび根を生やしたら絶対に出世は望まれそうになかった。四十を過ぎ、五十になっても指先から赤インキの筆が捨てられないように私には思えた。

広告部で最も花形は外務係なのである。係員は大手筋の広告主を訪ねたり、広告扱店に廻ったりして、出稿の募集に当る。彼らは市内を廻るときはたいてい自動車で、月のうち半分は出張もする。自分の机では電話で取引したり、客に会ったり、一緒に外で食事をする。どうみても華々しい活動である。

校正係は、そのような外務係の華やかさを片隅の机からぼんやり眺めている。その校正係というのには私が入っている。私は仕事の合間に煙草をふかし、頰杖《ほおづえ》をついてぼんやり彼らを見ている。

外務係でも、たいていの者は、一度はこの校正係の机に坐ったものだった。大学を出て入社し、広告部に配属がきまると、一番に校正係に部長が席を与える。その時、部長は云う。

「広告ちゅうもんは、校正からやると一番早わかりするでな。よう教えて貰っとき」

教えるのは旧《ふる》くから居るわれわれであった。大学出の新入部員は三カ月もすると、外務係に移ってしまう。彼らははじめから幹部候補生であった。校正は初等教育なのである。

私たちはその外務係に対して絶えず劣弱感をもっていた。それは彼らが揃《そろ》って大学出で、将来の出世が約束されていることの被圧迫感もあったが、そのことは未だ眼に見えない。それより後から入社した若い彼らが忽ち平気で電話で扱店を叱りとばしたり、部長や次長と打ち合せしたり、随意に伝票を書いて自動車を出させたりする眼のさきの現象の方が、一日中隅っこで、ゲラに赤インキをつけている私たちの神経を敲《たた》いた。

広告部の中心は何でも外務係であった。これは広告収入を第一としているこの部の機構では仕方がない。部長は外務係とはよく話し込むが、隅の校正の机には寄りつかない。部会などの席では、

「校正の方のお仕事は、縁の下の力持ちでありまして、目立ちませぬが、その御努力で何らの事故なく広告が新聞にのるのであります。従いまして広告主からも扱店からもわが広告面は信用を得ているわけであります」

などというが、そういう場合の言葉の虚飾にすぎなかった。それは部長が代って、挨拶のたびに聴くのだ。だが、きまって、どの部長も片隅の机に来てうちとけて談笑する者はなかった。極端にいえば、われわれを歯牙にもかけていない風であった。

例えば宴会が年に一、二度ある。五十人くらいの部員がならぶ。宴がすすむ頃には、部長が一人一人の部員の前に出て酒を注いで歩く。ほかの部員の前では部長は面白そ

うに時間をかけて話し込む。しかし日頃馴染《なじみ》のうすい校正係の連中には、いかにもお義理だという程度にしか口をきかないで、酒を相手の盃に充たしてやると、さっさと次に膝《ひざ》を移してしまう。ひとりの部長のことを云っているのではない。誰が替っても、みんなそうだった。

「馬鹿にしている」

と若い校正の男は、酔って息まいた。私は、なだめて、我々は特殊地帯の人間だよと云った。若い男は泣き出した。

私は入社して三年目ごろから諦めはじめ、五年目には社内の前途に絶望していた。私は給料だけは人なみ通りに昇ればよいと思い、仕事には熱意も興味も失ってしまっていた。惰性で、社と自分の家の間を往復していた。

校正係の机の列には十人くらい居た。私が自分の前途に諦めをもつようになった頃の校正係の主任は、平岡といって五十をすぎた頭の禿げた男であった。気のよい人で、口の中でものをいう癖があった。ほかの係の者からは無論だが、自分の部下からも、いくぶん軽蔑されていた。

そういう私も実は平岡を重んじているとはいえなかった。部屋の片隅の、陽の目を見ない机に黴《かび》のようにとりついている人間同士としては、心ないやり方であったが、人間の性格の強弱からくる傲慢《ごうまん》は仕方がなかったようである。

しかし平岡は、主任としても、また年輩でありながら、若い者から尊敬されなくても、一向に気にかける風はなかった。彼は少年のように赤い頬をし、笑いかけて話した。平岡は古美術に趣味をもっていて休みの日には、田舎に出かけて行って寺や旧家を訪ねて廻っていた。私は正月に一度、彼の家に遊びに行ったことがある。そして夥《おびただ》しい蒐集品《しゅうしゅうひん》を見せられた。高価な、立派な専門書も沢山揃えてあった。酒も莨《たばこ》もやらない彼は給料のなかから少しずつ貯めて買ったのだといった。うれしそうな顔をして、いろいろと説明した。

広告部の者はたいてい平岡の趣味を知っていたが、彼の人物と同様、その考古学を尊敬しなかった。ある意味で、それは一層彼を馬鹿にする材料であった。

平岡は停年をつとめ上げて郷里に引込んだが、古美術は彼の絶望の遁げ道であった。今から考えると、そういうものを持ち得た彼に幾分の反撥《はんぱつ》はあるが、やはり彼はよかったのである。

三

校正の机に坐って何年も固定してしまえば、滅多に他の係に移されることはなかった。ましてや転勤の機会があろう筈がない。

私は度々、転勤する人間を駅に見送りに行った。特別二等車の、明るい昼光色の照明の下で、送られる者は、いかにも人生の頂点のようににこにこしている。汽車が動き出すと、みんなで万歳をする。万歳を唱え両手をあげながら、自分の身を考えて、私はいつも激しい嫉妬とやるせない気持に陥るのであった。帰りに駅の跨線《こせん》の階段を上るのが、心が鬱《ふさ》いで足が上らないのである。構内を出て、駅前の灯を見ると、私は酒でも飲まなければやり切れなかった。

しかし、転勤は望めないにしても、せめて校正の机から他の係へ移りたいという希望は若い者ほどひどかった。部長や次長に何度も申出る者があるが、それが成功したためしはなかった。外務係の実力者に近づいて、自分を引張ってくれと頼んだりする。するとと返事は、こんな風にされる。

「外務係なんて、ちっともいいことはないぞ。責任が重くて、しょっちゅう募集のことが頭から離れない。原稿が無いときはどんなに苦労するか分らない。それにくらべたら校正なんかのん気でいいよ。俺も校正にかわらせて貰ったら、どんなにいいか分らんな」

こちらから見ると優越者が顎《あご》を反らしてうそぶいているのである。

私は若い人たちのそういう焦躁《しょうそう》はよく分る。かつての私がそうであった。それから彼らは、私のしてきたように断念する。若くても私に似たような弱い人間は、怠惰に気力を投げてしまう。

この部屋には、係によって四列か五列かの机のならびが長く流れていた。われわれの机は一番隅を流れている。それは決して、他の流れと合流点をもたない孤独な川であった。

私は一生取りかえしのつかないところにはまり込んだような絶望を感じた。もがいても、もはやどうにもならなかった。私は無感動に毎日を送った。少しも生甲斐はなかった。

然《しか》し、こういうことがあった。

ある時、山下という校正係員が辞めた。彼は十年もつとめ、年齢も三十に近かった。

かなり激しい性格だけに、一番悩みもしていた。不平もよく云った。仕事中でも、二十分くらいの暇をみつけて、焼酎をひっかけに行くこともあった。彼に云わせると、どうにもやり切れない感情が発作のようにつき上げてくるというのである。

「私もいよいよ三十ですからな。三十を超したら動きがとれなくなりますからな。今度、友だちと協同で小さな事業を始めます。女房は社を辞めるなと反対しますが、なに、女房なんか亭主がどんな思いで社で働いているか理解しませんからね」

もともと実行力のありそうな男であった。ほかの係とも喧嘩をする奴である。私にはその激情が分る。

私は山下が敢然と辞めたことに羨望《せんぼう》を覚えた。彼が挨拶《あいさつ》して、肩を聳《そび》やかすように出てゆく後姿を見ると、残された者の悲哀を少々味わった。

その後、一年くらい経った。山下は一度も顔を見せなかった。二度と遊びにでも此処に来るものか、といいたそうな彼の抵抗を、見えぬ彼に私は感じていた。

ある日のこと、街を歩いていると、暫《しばら》く振りに、ばったり山下に出会った。彼は以前からみると、見違えるほど窶《やつ》れていた。服装も、社にいたころの見覚えのものだが、垢じみて崩れていた。彼はわき見する余裕もないかのように、眼を前方に凝らして、せかせかと歩いていた。山下君、と云うと、初めて気づいたように、瞳《ひとみ》を私に合せ、おう、と一口云った。正気にかえったような表情だった。

喫茶店で三十分ばかり話した。どうしている、ときくと、彼は大型の名刺を出して、こういうことをやっています、と意気の上らぬ声で云った。肩書は、土地家屋不動産周旋業とかいてあった。初めからこういう仕事だったの、というと、いや、それがですな、と彼は長い説明をはじめた。要するにそれはいろいろなことをしたが、うまくゆかなかったという話であった。

「私も社に居るときは、あなたもご存じのように種々と不平がありましたがね。こうして飛び出して浮世の風に当ってみると、社の有難さが分りますよ。仕事は楽だし、出さえすれば月給が貰えるんですからな。正直なところ後悔しています。女房とは喧嘩ばかりです。何をやっても自分の非力をつくづくと悟るばかりです。あのまま、のんびり停年まで居ればよかったですよ。今のこの仕事なんか、俗に千三つというくらい、頼りないものです。こうして靴の裏をへらして一日中かけずり歩いても、用談がまとまらなければ一銭にもならないんです。それでも毎日、歩合欲しさに、こうして眼の色変えて歩いていますよ」

彼はそう述懐した。社に居るときの、私を羨《うらやま》しがらせた覇気《はき》はどこにも無かった。彼はそれでも伝票を握って勢よく立ち、私を押しのけてコーヒー代を払った。そのしぐさが一層私には淋《さび》しくみえた。

社を途中で止《よ》して、うまくいかなかった人の話は、それまで何度か聞いていた。しかしそれは実感が無かった。いま、山下を眼の前に見て、はじめてその現実感が私の心に押し満ちてきた。

私はその瞬間ほど、自分が勤めて居ることに満足したことはなかった。もはや、不平は考えまいと思った。どのように生気のない仕事であろうと、どんな劣敗感が湧こうと、事無くつとめようと決めた。

私は怖気《おじけ》をふるったのだ。私より遥《はる》かに実行力があり、気魄《きはく》のあった山下さえ、社の外に出て行けばあの通りではないか。自分なんかだったら、どんなことになるだろう。何一つ出来はしない。世間のすさまじさに手も足も出ないだろう。世の酷薄無情は、私などを構いつけはしない。生活は、ばらばらにされて叩《たた》きつけられるに違いないのだ。

私は腑甲斐《ふがい》なくも、絶壁から下を覗《のぞ》きこむような、それに吸い込まれるような幻覚と同じ恐怖を覚えた。

四

私が停年に対して漠然とした不安をもつようになったのは、その頃からであった。私はまだ三十五歳であった。停年のことを心配するといったら、必ず人は嗤《わら》うだろう。まだ二十年もあった。しかし一たび危惧が心の中にもぐり込み、神経にひっかかってくると、それが苦になって仕方がなかった。然し、やり切れないことに、その二十年までが土を舐《な》めるように無味乾燥なのであった。

私の停年までの道程は、こちらから向うの端が直線に見通せるように一目ではっきりしていた。未知の部分は塵《ちり》ほども無かった。冒険もなければ、奇蹟《きせき》も起る気遣いはなかった。退屈な、退屈な、窒息しそうに退屈な道程であった。

私の郷里は九州の佐賀県である。Kの町からS市までは、少しの屈折も無い、そして一物の遮るものもない直線道路が十キロもつづく。昔、真夏にここを行軍する兵隊は、行っても行っても変化のない、どこまでも小さな点に絞られている単調な道路のゆく手を眺めて、眩暈《めまい》をおこして仆《たお》れたということであった。私は自分の生活を考えると、この話を思い出すのである。

けれども、それがどんなに単調であろうと、その道から私は踏み出すことが出来ない。いや、瞬間には、その道を歩くことに満足し、有難く思うのだ。平穏無事な生活が私の手から喪失しないでいることを思うからである。私が二十年も先の停年に神経を病んでいるのは、その安穏な生活の喪失を死ぬほど恐れているからではないか。しかし当然なことに、その満足感は永続きしない。私は自分の単調な、生甲斐の無い毎日の繰り返しに、またも苛立《いらだ》つのである。このちぐはぐな感情はどうしたことであろう。

私は日常の飢えは無いが窒息的な毎日を費し、その果に来る哀れな飢餓的な末路、停年が確実な足どりで接近してくるのに神経を病んでいるのであった。私は自分と同じくらいの年齢の人が、停年のことに一向に不安そうに見えないのが不思議でならなかった。彼らは私より自信があるのか、図太いのか、或《あるい》は毎日の仕事が面白くて停年など遠い問題として紛らわしているのであろうか。

いや、恐らく後者であろうと思う。私のように毎日が面白くなかったら先々のことばかりを考え込むのである。

ある日、よその部の中年の男が女と情死をした。例によって種々の穿鑿《せんさく》や臆測があった。その男は、いつ見ても伝票と帳簿をひろげて算盤をはじいていた。彼は給仕上りであった。それだけで充分であった。女とのいきさつがどのようであったにしろ、それが情死の決定ではなかったに違いない。――

けれども世間は失業者が多い。失業者でなくても、もっと悪い条件で働いている人は遥かに多い。私のようなところにも就職の世話を頼みに来る人がある。いい会社にお勤めで結構ですな、と彼らは私に云う。私はそういう人達に一応羨望されてもよいのであろう。彼らは、勤めさえあれば懊悩《おうのう》など無いと思っているようにみえる。

何度も云うが、彼らにくらべて、私は自分の身分が少しは幸福かも知れないと瞬間には思う。しかし、すぐに別の絶望感が、しらじらとそれを乾かしてしまうのである。

私は或る青年を知っていた。彼は大学を出てから何年も就職出来ずそのため恋人との結婚も出来なかった。ようやく苦労して或る会社に入社出来た。無論、結婚もした。それから三ヵ月たって、私に会ってこう云った。

「自分の周囲に、自分の終点の標本がうろうろしているのを見ると、うんざりするんです」

然し、この青年は、その「標本」がどのように停年に畏怖《いふ》しているかまでは思わぬのである。

五

まだ睡《ねむ》れそうもない。睡れぬままに雑念に耽《ふけ》ろう。いろいろな事を思い出す。Aは停年前までは、ある部署の課長であった。私が入社した頃などは、大そうな羽ぶりだった。もとから気の強い人で、親分的なところもあった。Aさん、Aさんとみんなが云った。

停年になって彼は各課を挨拶廻《あいさつまわ》りした。相変らず威勢がよく、いくぶん横柄な態度でも、みなが遠慮そうに笑っていた。彼はこう云った。わしは文房具の会社に重役として迎えられた。これからよろしく頼むよ、と溌溂《はつらつ》としていた。

彼は、社を退いてからも、よくやってきた。用度課などにつかつかと入ってきて、その辺の椅子に坐り込んで話し込んでいた。社に勤めている時と少しも変らない横柄な様子をもっていた。彼は一度は前にこの用度課にいたから、その辺に腰かけている連中は彼の後輩だった。その気易さから、彼はそこによく来るのであろうと思った。

しかし半年ばかりたつと、彼の顔はあまり見られなくなった。私は彼とあまり親しくないのでそのことを深く考えてもいなかった。すると、ある日、道で彼と出会った。赤い顔をし、ふらふらと足もとが縺《もつ》れていた。服装が悪くなっていた。私は見ぬふりをして通るつもりだったが、彼の方から寄ってきた。よう、と彼は云って肩を張った。いかにも社の先輩だといいたげな恰好《かっこう》であった。どうです、Aさん、景気がよさそうですな、お仕事は順調らしいですな、と私の癖で意を迎えるような問い方をした。すると彼は、いや、あすこは辞めた、と一口に吐き出した。それを云ったとき、一瞬、彼の顔は痙攣《けいれん》したようにくしゃくしゃになった。それ以上、私は何も訊けずに、話をごまかして別れた。

私がAのことを聞いたのは、その後であった。Aが停年直後に大きな文房具商店に厚遇で迎えられたのは嘘ではなかった。彼はそこの営業主任のような地位についた。しかしその商店の社長はAの人物を買ったわけではなかった。彼が永い間、社に勤めていてかなりの実力をもっていたと思い込み、文房具、紙、印刷物などの大量の注文を社から期待したのであった。実際、Aにはそういう実力がありそうな自負が、独特の横柄な様子にあらわれていた。Aに、はったりがあったとは思わない。彼はほんとうに社にまだ自分の実力が残っていると思ったのであろう。永い今までの顔馴染《なじみ》だし、たいていは彼の後輩であった。彼が頼めば、在来の出入りの商人たちを押しのけて彼を迎え入れてくれると考えたに違いない。話は文房具商から持ち出されたであろう。Aはそんなことは訳はありません、私が頼めば厭《いや》とは云いませんよ、昔の私の部下ですからな、とあの肩を張って答えた様子まで想像出来る。Aも錯覚しているなら、彼を高給で雇い入れて営業主任にした抜け目のない商人も迂闊《うかつ》であった。

その破綻《はたん》は大へんはっきりと直ぐに現れた。用度課はAなぞ相手にしないのである。それに、今までの出入り商人が巌壁のような厚い密度で用度課の周囲を閉して、後から来るものを拒否していた。

それでも多少の注文をAがもらったのは、やはり今までの関係があるからだった。それは実力とか顔とか云うようなものではなかった。云わば、お情けであった。

しかしその程度の注文ではAの商店における立場は無い。彼は焦躁したであろう。あの横柄な男が、どのように悩んだか分らない。見栄《みえ》をかなぐり捨てて、昔の部下に泣きついたであろう。が、そのような古風な情誼《じょうぎ》で現代のビジネスは動かされはしない。Aは商店から逐《お》われたのであった。

その後のAは、いくつかの仕事を変えた。自分で出来る小さい商売であったり、人に雇われたりした。奇妙にそれがみな半分は社を目当てのものばかりだった。彼は文房具商店の営業主任の時で思い知らされた筈なのに、まだ社への自分の実力の夢が、未練にふっ切れないでいるらしかった。

彼は仕事が変るたびに転落した。彼はきたならしい白髪がふえて皺が深くなり、社にいるときは垢ぬけしていた顔も、脂垢が滲み込んだようにどす黒くなっていた。服装は見る度に落ちた。たいていは酒をのんでいた。

彼は酔って社に来るようになった。誰彼をつかまえては大きな声を出した。昔の横柄な態度を酒の力をかりて取り戻しに、居丈高になって来るように見えた。それが彼の精一杯の自慰に思えた。

はじめは、皆はへらへらと笑っていたが、そのうち誰も相手にしなくなった。彼の以前の同僚であった庶務課長が、警備員に命令して彼の出入りを止めた。

ある夜、私が残業していると、Aが泥酔して社内に侵入してきた。大きな声でどなり、社の奴は無情だと喚《わめ》いた。警備員が来て彼を連れ出そうと争った。彼はリノリュウムを貼《は》った床の上に仰向けに倒れて手足を昆虫のように激しく動かした。それから声を上げて泣き出した。

たいていの者は帰っていて、社内は机ばかりで、がらんとしていた。電灯も二つかつしかついていない。昼間の賑《にぎや》かさとは打って変った、殺風景な、暗い部屋で、床に横たわって、おいおい泣いているAを見ながら、私は息を詰めた。

六

Yという男は、日ごろから豪放なところがあった。彼は周囲の誰よりも人物が一廻り大きいように思えた。部は違うが、私よりずっと上位者だったし、やり手であった。派手な彼の性格には、私は萎縮していた。一体、私の性質では、そういう人間に憧憬《どうけい》をもっている癖に、近より難い劣等感が先にきて、身を縮めているのだった。Yと私とでは人種が違うように思っていた。

Yが停年になったとき、華やかな送別会がいろいろな人によって何回もあった。彼はそれほどの人気があった。Yは昂然《こうぜん》と笑いながら、押出しのいい身体を皆に送られて社をあとにした。彼のような、頭脳のいい、切れる男は、どの世界に行っても、社にいたときと同じような地位と人気を築くと思われた。然《しか》し、それから一年とたたぬうちに一枚の廻状が私のところにもまわってきた。

それによると、Yは病気に罹《かか》り入院をしている。その費用が、もう一銭も無い。収入がなく家族の生活費も乏しい。あまり気の毒だから昔の知友の誼《よしみ》として一口二百円の醵金をして欲しいという主旨であった。私はそれに一口と書いて署名した。私は自分とは比較にならぬほど、どの点でも優れているYの生々とした姿と、一文も無く病院に横たわっているYの幻像とを、どうしても一緒に合せることが出来なかった。

Kが停年で辞めた。Kなら確《しっか》り者だから大丈夫だろうと皆が云った。彼は皆とあまり飲むようなつき合いもせず、ただ生活を切りつめて貯蓄した。倹約ぶりについては飾りのついた話が皆の間に伝えられた。真白い頭と気むずかしげな顔をした、私などには頑固で世智たけた老人としか思えなかった。

そのKが、月に何回か社に顔を見せた。それは前のAの場合とは異《ちが》う。彼はおとなしい男で、もと自分の所属した部の椅子に腰を下ろして、煙草を喫ったり、静かに人と話をしたりしているのであった。私は、はじめKが単に昔の場所をなつかしんで遊びに来ているとしか思わなかった。そのうちに彼は社の給料日にだけ来て遅くまで居ることに気づいた。給料日は月に二回あった。

その理由は人から教えられて分った。彼は遊びに来ているのではなかった。社内の知人の誰彼に高い利で金を貸しつけているのだった。その利息や元金の回収に、彼は来ているのである。もと勤めたところに平然とそのようなことをしに来る彼の生き方は私の神経では想像が出来なかった。

然し、私はどうであろう。私のような無力な男は、AやYにすら及ばないではないか。それは社にいたときの彼らと比べてはっきり分る。Kの強靭《きょうじん》さも勿論《もちろん》私には無いのだ。

私は停年になったときの恐怖がいよいよ強くなった。その時は一体どうなるのか。絶望が眼の前を昏《くら》くした。

だが、そこに行くには、ほぼ二十年の乾いた道程があった。これがまた、私にはやり切れなかった。私は年老いて、額に深い横皺を刻むまで、部屋の隅の机で黴《かび》のように生えていなければならなかった。私は無論のこと出世はとうに諦《あきら》めているが、それでもこの生甲斐なさは耐えられなかった。そしてその先に停年があった！

私はこの気持をのがれようとした。競輪から踏み込んだ私の悪徳は腐った縄ぎれのような私の心をかなり救ってくれた。が、酒や女に過しているときでも、私は蹠《あしうら》に灼《や》け砂を踏むように苛々した焦躁が絶えず去らなかった。私はそれと自分の崩壊してゆく快感と二年間競争をした。

私がはじめてこういう隠微な悩みから解放されたのは、皮肉にも金銭的に全く生きる存在を許されなくなってからであった。

しかし、金銭や女や酒は、私の自殺の原因では決してなく、永いこと宿題として考えていた死への助力者であった。

駅路

一

小塚貞一が行方不明になったのは秋の末であった。

家を出るときの様子は、簡単な旅行用具を持っただけで、べつに変わったことはなかった。この年の春、小塚貞一は、某銀行営業部長を停年で退職した。その骨休みというか、しばらく東京を離れて遊んで来る、と家人に言い遺《のこ》している。前から旅行は好きな方だったので、家の者も不審がらなかった。行先は決まっていず、帰りの日も予定がなかった。いつもの彼の流儀だった。

家庭には、妻の百合子《ゆりこ》との間に二人の男の子がある。長男は官庁の役人で、これは去年結婚したばかりで、別に家を持たせていた。だから家には、今年、大学を卒業して或《あ》る商事会社に就職した次男が残るだけであった。

所轄署《しょかつしょ》に、小塚貞一の家出人捜索願が妻の百合子から出されたのは、夫が旅行に出かけて三十日ののちだった。帰りの予定は告げていないにしても、これまでの例で、小塚貞一は大抵、二週間ぐらいで帰って来ていた。それが一ヵ月になっても何も消息がなかったのである。

彼は、その銀行に二十五年勤めあげた。かなりの才能もあり、上の方からの引きもあり、停年で辞める前、その銀行の傍系会社の重役の交渉もあったくらいであった。これは本人が断わっている。もう他の仕事に就くのは面倒だし、少し遊んでみたいというのだ。普通なら停年後の有利な条件を、彼は拒絶したのだった。

小塚貞一の性格というのは、周囲の人の話によると、地味な方だった。仕事は切れ過ぎるくらいによく出来るが、どういうものか孤独癖があり、趣味は、カメラと旅行と、それに読書ぐらいだった。こういう人物には、えてして女関係があるものだが、小塚貞一にはその方面のことが少しも見られなかった。宴会に出ても、真っ直ぐ帰るし、二次会まではつき合うが、それ以上に女遊びのところまではいかない。仕事上の交際でゴルフは少しやるが熱心ではない。

それでいて上役から嘱望されているくらいだから、人づき合いが悪いのではなかった。同僚との交際も事実よくつとめていたし、折合いも悪くはなかった。社内では円満な方なのである。

小塚貞一は、そこまでの地位に来るのに、大変な努力をしてきたと言われる。もともと、彼はこの銀行の主流を占めている学閥からは外れていた。田舎の高商を出ただけの学歴で、普通ならば、地方の支店長ぐらいで終わるのが関の山だった。それが、ともかく辞めるときには、傍系会社の重役の交渉があるくらいまで累進《るいしん》して来たのは、彼の律義《りちぎ》な努力を買われていたからである。若いときの小塚貞一は、仕事の鬼と言われた。才能もあったが、この世界では、才能だけでは出世しない。やはり彼の人並外れた努力が、そこまで彼を押し上げたと言えよう。

小塚貞一が家出をする理由は何も無かった。家庭にトラブルがあるという訳ではない。妻の百合子とは、地方の支店長代理時代に結婚したのだが、これは見合結婚だった。しかし、夫婦の仲は決して悪くはなかった。休みの日など、この夫婦が銀座辺りによく食事に出るのを見かけたりした。

小塚貞一が傍系会社の重役の交渉を断わったときの話だが、役員の一人にこんなことを言った。

「ぼくもお陰で永い間働かせてもらい、どうにか家も建て、当分は家族が食うに困らないだけの資産も出来た。子供も、一人は結婚するし、あとの一人は大学を卒業して勤めに出たし、まあ、親の責任は世間並には果たしたつもりだ。ぼくも疲れたので、ここらで少しは静養したい。有難い話だが、あとでその気持になったら、またほかの仕事のお世話をお願いするかも知れない」

そう言えば、小塚貞一は、それほど頑丈な身体《からだ》ではなかった。背は高い方だったが、瘠《や》せている。殊《こと》に、銀行を退職する前後になると、どこか寂しい様子をしていた。だが、それは停年で辞めた人間によくあるような気落ちからくる寂しさではなく、長年の仕事を十分な満足感で終えたとでもいうような何かすがすがしい感じであった。

「これからは、好きな旅でもして、ゆっくりと遊びたい」

彼は、銀行関係の人にそう言っていたそうである。

二

家出人捜索願を受けた所轄署では、呼野という古い刑事と北尾という若い刑事とが一緒に小塚家を訪問した。

その家は中流の瀟洒《しょうしゃ》な住宅だった。二人は応接間に通された。狭いが調度も洗練されて落着いた感じだった。刑事二人に会ったのは夫人の百合子だったが、彼女は四十六、七くらいで額の広い背の高い女だった。ここで刑事たちは、主人の家出の模様を委《くわ》しく訊《き》いた。捜索願の書類には当時の服装が書き込まれてある。それによると合の背広に身の回りの品を詰めたスーツケース一個だった。どう考えてもそれは単純な旅行の出発だった。

刑事たちは夫人から聡明《そうめい》という印象を受けたが、どこか冷たい感じがした。主人が失踪《しっそう》したというのに、さほど取り乱していない。こちらの質問に順序よく答えてくれるし、態度も冷静だった。

もし、小塚貞一が覚悟の失踪だったら、何かのかたちでその痕跡《こんせき》を残していなければならない。例えば、遺書をどこかにかくして置くとか、それらしい言葉を言っていたとか、家族以外の友人にもあとで思い当たるような口吻《こうふん》を洩《も》らすとか、そんなことがあるはずだった。だが、遺書は無かった。態度も普通と変わりはなく、出かけるときも、特に気に懸かるようなことは洩らさなかった。知人に聞いても、それとうなずけるような言動はなかったそうだ。そういうことを夫人はかなり詳しく刑事に話した。

「こういうことをお訊《たず》ねして失礼かもしれませんが、御家庭の中には、べつに御主人が煩悶《はんもん》されるような事情はなかったんでしょうね？」

刑事の問いに、夫人は微笑を泛《う》かべて答えた。

「いいえ、それはないのでございます。よそさまの御家庭には、たまにいろいろな御事情があると聞いていますが……」

この、いろいろな事情、というのに、夫人は特別な意味を持たせたようだった。つまり、主人が家庭を出る原因になり勝ちな婦人関係や夫婦の不和を指しているのである。

「わたくしの方は、そういうことは絶対にありません。ですから、主人が自発的に失踪したということは考えられないのでございます。ただ、心配は、いつも行先を告げずにふらりと出て行く性質ですから、その旅先で変わったことがなければいいがと思うのでございます」

夫人は、そう説明した。

「現金はどのぐらいお持ちでございましょうか？」

刑事は訊いた。

「そうですね、その当時は、旅行費程度と考えていたのですが、あとで調べますと、最近になって、それはちょっと多かったことが分かりました」

「多いと申しますと？」

「八十万円ばかり持ち出しております」

「ほう、そりゃ少し多いですね。旅行の際、そういう例は今までございましたか？」

「それはなかったのです。ですから、今度は余計に心配になりました。その金のことで間違いがなければいいがと案じているのでございます」

「奥さまは、その金を御主人が持ち出されたことをご存じなかったんですか？」

「いいえ、気づきませんでした」

「御主人の、その金の使途というようなことについては？」

「いいえ、それも存じません」

夫人は首を振った。ここで、刑事はちょっと考えた。

「御主人は、銀行をお辞めになって、しばらくはどこにも勤めないで休養なさるというお話でしたが、勤めでなく、何か御商売でもなさるようなお気持はなかったのですか？」

「はい、わたくしには、それはなかったと思われます。でも、主人は、ときどき、わたくしには相談しないで株などをやっていたこともございますので、その金も、あるいはその方面に使うため持っていったのではないかと思っております」

「しかし、旅行先に持ち出されたのは、ちょっと変ですね」

ここで刑事たちは、小塚貞一の略歴を訊いた。それによると、彼は地方の支店から叩《たた》き上げて来た人だったが、現在の本店詰になる前、広島支店長と名古屋支店長を勤めている。広島支店長時代が十年ばかり前で、そこには二年勤務し、名古屋支店長時代が二年、あとはずっと本店の調査部長から営業部長という順調な昇進ぶりだった。

趣味はカメラと旅行だという。その旅行も独り旅で、勝手に出かけるのを好んでいたそうである。

そこで、呼野刑事は主人の今までの旅行先を訊いた。すると夫人は、それには丁度いいものがございます、と言って、大型アルバムを三冊ほど持ち出して来た。

それを繰ると、各地の風景写真が一ぱいに貼《は》られてあった。いずれも小塚貞一が旅先で撮影したものばかりだった。好きな道というだけに、写真は構図もしっかりしているし、写し方も素人離《しろうと》れがしていた。それは、連れの若い北尾刑事がやはりカメラ好きなので、一見して分かったのである。

三冊のアルバムは、各地方に亘《わた》っている。福井県の東尋坊《とうじんぼう》から永平寺《えいへいじ》、岐阜県の下《げ》呂《ろ》温泉付近、犬山付近、長野県の木曾《きそ》福島、京都と奈良、和歌山県の串本《くしもと》、愛知県の蒲郡《がまごおり》などが撮られている。美しい風景だった。それらは一つの地方を中心にして二十数枚ぐらい撮られていた。独り旅を勝手な愉《たの》しみ方をしたというだけに、方々を歩き回っていたことが分かる。

写真の余白には、彼が撮影した年月日までつけてあった。小塚貞一は几帳面《きちょうめん》な性格らしかった。呼野刑事は、その日付を手帳に書きとった。

三

自殺する原因はない。家庭の方も平和だったし、子供も成長して、大学教育を終わらせ、一人は結婚させている。人生の行路を大方歩いて、やれやれという境涯に小塚貞一は身を置いていたように思える。もし、己れから失踪したとすれば、何のためにそのような行動を取ったのか呼野刑事には分からなかった。彼もすでに四十八だった。刑事生活は長い。そろそろ停年後の心配をせねばならぬ時期である。呼野から見れば、小塚貞一の境涯は、まことに羨《うらや》ましい人生の静謐《せいひつ》さと言わねばならなかった。

しかし、もし、小塚が自ら家出を決心して出たとなると、どうしても一応婦人関係を当たってみなければならなかった。これは小塚の行方不明が犯罪に結び着いている場合でも同じことである。

刑事は、小塚の周囲を当たった。周囲と言っても、相当な地位の人ばかりである。いずれも銀行の幹部だったり、世間で知られている名前の人だったりした。

その人たちも小塚貞一の失踪を心配していたので、よく協力してくれた。だが、ここでも、小塚貞一の家出の原因について新しい材料は得られなかった。聞けば聞くほど、彼に婦人関係は出なかった。真面目《まじめ》で静かな男だった、というのがみんなの評価である。

新しいポストを彼のために用意してくれた先輩も言った。

「小塚君は、なんと言うんでしょうね、気力を失ったというか、何か銀行を辞めてから様子がいやに落ちついていましたよ。しきりと、これで家庭の方も、子供の方も、もう大丈夫だ、というようなことを言っていました。ぼくは、君も永い間働いて来たんだし、その努力の甲斐《かい》があった、と言って喜んでやりました。まあ、われわれ仲間でも、小塚君のような平和な家庭は珍しいものですからね、何もしないでどうするんだ、と言いますと、これからは呑気《のんき》に魚釣りをするか、小さな果樹園でもはじめるかする、と言って笑っていましたよ。とにかく、あの男、銀行を辞めてほっとした感じはありましたね」

要するに小塚のその心境には、どこにも自ら失踪を決行する要因はなかった。

ただ、刑事がうるさく婦人関係を訊いた甲斐があって、銀行内部の者だったが、次のようなことを言う者がいた。

「そういえば、小塚さんには、大村という名前で、よく婦人の声で電話がかかっていましたね」

銀行に大村という取引先は多い。しかし、小塚貞一にかかってきた大村は、それとは違っていた。その電話があると小塚は、辺りを気にしているような話し方をしていたそうである。

それは最近のことか、と訊くと、そうではなく、もう数年前ごろからだということだった。だが、ちょっと妙だといえばそれくらいなことで、誰も小塚の婦人関係を知らなかった。銀行内の個人のことは、大抵の秘密が洩れるものだが、小塚に限っては、そのことがなかった。

呼野刑事は、その電話のことを聞いたので、念のため、もう一度小塚夫人のところに聞き合わせに行った。

「大村さん?」

夫人は考えるようにしていたが、

「そう言えば、そんな電話がずっと以前《まえ》に二、三度、今度、主人が出発する前に一度かかったように思いますね。一度は主人が不在のときなので、御用件を承っておきましょうか、と言いますと、いえ、いずれまたおかけします、と言って先方で切られました。帰宅した主人に訊くと、友人の奥さんで、その友人に頼んだことを知らせて来たんだろう、と言ってました」

「旅行に出かけられる前にも、大村さんという名前で電話はあったんですね?」

「はい、一度ございました。わたくしが取り次ぐと、主人がすぐに電話に出ましたが、それにはべつに応《う》け答えすることはなく、ただ、短い返辞だけで、すぐに切ってしまいました。大村という人の名前の電話は、それくらいのことでございます」

夫人はやはり、落ちついて答えた。

刑事が暇《いとま》を告げて椅子《いす》から起ち上がったとき、ふと、応接間の壁に掲げてある絵を見た。それは三枚あったが、南洋の女を強い色で描いた複製画だった。

「ゴーガンですね？」

刑事は訊いた。

「はい、主人が好きで蒐《あつ》めています」

夫人は答えた。

四

小塚貞一の失踪は、すぐ全国に手配された。

単純な家出人ではなく、八十万円という大金を持っているので、災難が憂慮された。特に福井県、岐阜県、愛知県、長野県、京都府、奈良県、三重県などには、その管内の温泉付近などで変死人はなかったか、あるいは該当の人物が滞在していないかを重点的に照会した。これらの土地は、曾《かつ》て小塚貞一が旅行した所ばかりである。もし、小塚貞一が停年後の休養に旅行を試みるとすれば、曾遊《そうゆう》の地を選んだのではないかという考えからだ。しかし、どの地方からも、手がかりはないと回答がきた。小塚の旅が自殺行ではないか、という見方はあった。それは、家庭的にも外部的にも、何の煩《はん》悶《もん》もないが、停年後の特別な気持から、小塚のような性格は自らの生命を断つことが考えられるからだった。

小塚貞一は真面目な性格で、物事を考え深い性質である。そういう人間は、えてして厭世《えんせい》的に陥りやすい。実際、停年後有利な条件を提示されながらもそれを断わったところをみると、人生を働き通して来た人間の最後の落ちつき場所として死を求める心境を考えていいのではなかろうか。少し奇矯のようだが、小塚貞一の性格を考えて、それも一応考慮に入れられたのである。

ただ、呼野刑事の気持はそうではなかった。小塚氏は必ずどこかに生きている、というのが彼の主張だった。刑事は、そのため直接上司に意見を言って、広島に出張することになった。

このとき、北尾刑事を連れて西下した。二人は、夜行で東京駅を出発した。その列車の中で、若い北尾刑事は呼野に訊《き》いた。

「広島に行くのは、小塚氏が十年前に支店長をしていた時のことを調べに行くんですね？」

そうだ、と先輩刑事は答えた。

「どうしてそういうところに眼を着けられたのですか？　小塚氏は、その後も名古屋支店長をやっています。前任地に因縁があるとすると、名古屋の方が広島よりあとだし、そこを素通りして広島に直行するのは、どういう理由ですか？」

それに呼野刑事は答えた。

「君、小塚さんの所へ行って写真帳を見せてもらったね。あれには、小塚氏が東京に転勤になって以来、独りで歩いた所がカメラに撮ってある。その土地を考えてみたまえ。東尋坊や永平寺、下呂、蒲郡、城崎《きのさき》、諏訪《すわ》、琵琶《びわ》湖《こ》、犬山、木曾福島、奈良、串本、こんな所だ。みんな名勝地だね。実際、あの写真を見ても、きれいな景色ばかりだ。そして、その近所には、温泉か遊覧地がある。これはどういうことだろう？」

若い刑事は頭をひねったが、分からなかった。

「小塚氏のような性格は、独り旅だと、そのような名勝地を選ばないと思うね。名も知れないような田舎に行った方が、彼の性格にふさわしいと思わないかね？」

「そうですね」

と北尾刑事はうなずいた。

「小塚氏は孤独な性格だった。普通なら、そういう所を嫌うはずだ。だから、小塚さんは家を出るときは単身で出たというが、旅先では独りではなかったと思う。相手があったと思うね」

「相手ですって？」

若い刑事はびっくりした。

「そう考えた方が自然だろう。そして、当然、それは男ではない。女だ」

「しかし……」

「分かっている、君の言うことは。小塚氏には女性関係がなかった、と言いたいのだろう。だが、それは東京での話だ。前任地のことまでは分かっていない。つまり、名古屋と広島はどうだったか、という疑問だ」

「しかし、それなら、どうして今度、名古屋を落とすのですか？」

「小塚氏が行った旅先の地方を考えてみたまえ。みんな東京以西だろう。そして、広島以東だ。こう考えると、これは年に二回、小塚氏は東京から、相手の女性は広島から、丁度、中間で落ち合うことにならないかね？」

「あ、そうか」

「尤《もっと》も、名古屋からでも、諏訪や蒲郡は考えられるが、それにしては、奈良とか串本辺りが名古屋の西になっている。それに、蒲郡だとか下呂だとかは、二人で秘密に遊び歩くには、あまりに名古屋に近過ぎる。やっぱり広島から両方で落ち合ったと考えた方が自然だろうね」

「ですが、小塚さんが広島に居たのは、今から十年も前ですよ。そんなに関係が続くものでしょうか？」

「さあ、それは当然の疑問だが、小塚さんが東京で女性関係がなかったことから考えると、その場合も、不思議ではないような気がする。なにしろ、二人は年に二回ぐらいは逢っているからね。君は、大村という名前で小塚氏の所に電話がかかって来るのを知ってるだろう。女の声だった。それは東京都内からの電話だ。だから、その声の主が相手とは思えない。あれは小塚氏の連絡係ではないかな。例えば、二人の間には手紙の往復がなかった。これは小塚氏が家庭にも外部にも知られてはならなかったためだろうが、実際は、手紙の中継も、その連絡係の女がやっていたと思える」

「そうすると、それは誰でしょうな？」

「さあ、二人の間をそれほど知ってるくらいだから、彼女に最も親しい友達か、小塚氏に親しい知人か、どっちかだろうね」

「すると、小塚さんの家出は、その愛人の所に行ったというわけですね？」

「そうだと思う。停年になってほっとしたというよりも、自分が家を出ていい時期になったんだろうね。つまり、子供の教育も終え、社会的に一人前になったし、倹約すれば、あとの者が困らぬ程度の資産も残した。そこで、はじめて自分の希望を実現したいという心になったのではないだろうかな。いや、これは小塚氏にずっと早くからあった計画だろうね。ぼくはそう想像している」

「すると、広島時代に交渉のあった女性と、どこかでひっそりと暮らしているというわけですか？」

「まあ、そのへんのところだと思うね。君はあの応接間に懸かっていたゴーガンの複製を見ただろう。ゴーガンは、第二の人生を求めて南洋に住んだ人だ。人間だれしも、長い苦労の末、人生の終点に近い駅路に来たとき、はじめて自分の自由というものを取り戻したいのではないかね。小塚氏のは、家庭への責任を果たして、やれやれ、あとの人生はおれの勝手にさせてくれ、という気持だな。ぼくはあの絵からゴーガンという人の伝記を調べてみたがね、ゴーガンはこんなことを言っている。人間というものは、自分の子供の犠牲になるものだ。そして、その子供たちはまた自分の子供の犠牲になる。このばかげたことは永遠につづくらしい。もしも、すべての人間が子供の犠牲になるとしたら、一体、誰が芸術や美しい人生を創造するだろうか、とね。言葉はよく憶《おぼ》えてないが、こういう意味だった。ゴーガンには絵があった。しかし、小塚氏には絵がない。絵は彼の愛する女性だった」

五

朝、広島駅に着いた。二人の刑事は、すぐに、その銀行の支店に直行した。出勤してきたばかりの支店長に会って、内密に事情を話した。

「こういう次第で、十年前、小塚さんが在任中を一番よくご存じの方がいらっしゃいませんか？」

それはかなり居た。刑事は、その一人ひとりに会って、話を聞いた。

それによると、当時、小塚は単身で赴任していたというのである。食糧事情や住宅のことなどもあって、家族は東京に置いていた。この時も、広島には原爆が落ちてまだ影響が残っていると聞いておそれ、夫人の方は夫に同行しなかったそうである。呼野刑事はこの話を聞いて、小塚夫人の冷たい印象を思い出した。

単身で暮らしていた二年間の小塚については、やはり東京と同じように女性関係は聞かれなかった。ここでも小塚貞一は謹厳な支店長であった。

この銀行は有名なだけに支店も広かった。かなりの人数の行員が働いている。その中に女子行員の姿もかなり見えた。呼野刑事の眼が或《あ》ることを思いついた表情になった。

「支店長さん。小塚さんがここに居られたときの女子行員は、まだ勤めていらっしゃいますか?」

「そうですね」

支店長は答えた。

「もう十年も前になりますからね、その頃からずっと残っている女はいませんよ。みんな結婚などの理由で辞めてしまいましたね」

「それでは、当時いた女子行員で現在の消息が分かりますか?」

「さあ」

支店長は苦笑した。

「そいつは、ちょっと分からないでしょうな。その後の連絡は何もないのですから。

そうだ、そういえば、惜しい女《ひと》が辞めましたよ。一年ぐらいになりますが、その女《ひと》は、小塚支店長時代からずっと残っていた女です。その女に訊くと、事情がよく分かったかも知れませんね」

「その方は、幾つぐらいですか？」

「そうですね、もう三十五、六歳でしょう」

「やはり結婚のために辞められたんですか？」

「いや、表向きには家事の都合とありましたがね、案外、結婚のために辞めたのかも知れません。ちょっと年を取り過ぎたので、結婚ということが恥ずかしくて書けなかったのかも知れませんね」

「その方の出勤簿といったものは残っていませんか？　当時のもので、できるだけ遡《さかのぼ》ってみたいのです」

支店長は、厄介なことを言うと思ったらしかったが、それを庶務係に命じた。

庶務係は倉庫に入って、長い時間探したらしかった。やがて、ワイシャツの袖《そで》を捲《まく》った腕に、古い出勤簿を五、六冊抱えて持って来た。

「どうも恐縮です」

呼野刑事は、支店長に出勤簿を見せてもらった。その女の名前は福村慶子というのだった。出勤簿には、福村の判コが几帳面《きちょうめん》な位置に揃《そろ》って捺《お》してある。

「ここは何ですか？」

呼野刑事は、空欄に休暇という青い判を捺した処《ところ》を手で押した。

「それは年次休暇です。この銀行は、一年に二十日間の年次休暇を認めています。こういう忙しい仕事ですから、一時に取られては困るので、二回に分けて取っています。行員の都合のいい時に取るのですが、大抵、春と秋の気候のいい時に取っているようですね」

支店長の説明を聞きながら、呼野刑事はそれを繰った。半期に一冊だから、六冊では三年間の記録になる。刑事は、その年次休暇の日付だけを手帳に書き取った。

「この福村さんという方は、どこにいらっしゃいますか？」

「そうですね、今どうしてるか知りませんが」

と支店長は断わって言った。

「なんでも、可部《かべ》という町にいると聞いています。これは広島から可部線に乗って一時間ぐらいの所ですがね。そうだ、分かるかも知れませんね。庶務に調べさせましょう。たしか当時の住所録があるはずです」

支店長の言葉に間違いはなかった。福村慶子は、可部という町から出勤していたのである。刑事は、その番地を書き取った。彼女が結婚していない限り、同じ所にいる公算が大きかった。

二人の刑事は、広島駅から可部線に乗った。

「やっぱりぼくが思った通りだね」

列車の中で呼野刑事が北尾刑事と対《むか》い合って言った。

「これで、小塚氏の愛人が福村慶子だということが分かったね。ぼくは小塚氏のアルバムに貼《は》ってあった写真の日付をここに写しているがね」

呼野刑事は手帳を出した。

「これと、先ほど見せてもらった福村慶子の出勤簿の休暇の日付とが一致するのだ。つまり、彼女の休暇に合わせて小塚氏も休暇を取り、あの写真の場所を歩き回っていたわけだな。なにしろ、小塚氏は広島支店長をしていたことがあるので、彼女の居る広島地方に行くのは都合が悪い。顔を知られているのでね。だから、誰にも知られない土地で二人はゆっくり逢瀬《おうせ》を楽しんだわけだ。このとき、きっと約束が出来たんだろう。小塚は残りの人生を彼女と一しょに過ごすことをね」

「呼野さんの推測通りでしたね」

北尾刑事は微笑した。

「これから二人の愛の巣を見届けに行くわけですね」

六

汽車は一時間ぐらいかかった。可部は、古い、狭い町だった。町の真ん中を川が流れている。太田川という名前で、この下流は広島に注いでいる。山と水の町だが、そこはかとない頽廃《たいはい》が旧《ふる》い家並に沈んでいた。

福村慶子の家は、長い橋の見える場所にあった。以前は機織《はたお》りをやった家らしく、大きな構えだが、この一室を福村慶子は長い間借りていたのであった。二人の刑事は、そこの家主に面会した。出て来たのは五十ばかりの主婦だった。

福村さんにお会いしたい、と言うと、その主婦は一瞬愕《おどろ》いた顔をしたが、次に複雑な表情になった。

「福村さんは病気で亡《な》くなられましたよ」

事情を知らぬ人が訪ねて来たのを気の毒がっている顔だった。

今度は刑事たちがおどろく番だった。

「亡くなられたんですって？　それはいつ頃ですか？」

「はあ、もうみ月ぐらい前になりましょうのう」

二人は顔を見合わせた。三ヵ月前というと、小塚が家を出たときよりも一ヵ月早い。小塚が福村慶子と一しょに暮らしているものとばかり思っていた呼野刑事は呆然《ぼうぜん》とした。

小塚は、福村慶子が死亡したとは知らないで家を出たのだろうか。いや、そんなはずはない。絶えず連絡は東京にいる両人の中継者からあったはずだ。では、相手が死亡したのに何のために小塚は家を出たのだろうか。

ここで、呼野刑事は小塚貞一の風貌《ふうぼう》を説明して、そのような人が福村慶子の生前と死後に訪ねて来なかったか、と訊いた。

主婦は即座に首を振った。

「いいえ、そがいな人は知りまへんのう。うちら、ここに長いこと、福村さんと一しょでしたけんど、一ぺんもそがいな人が来たことはないですのう」

呼野刑事のカンでは、福村慶子が一年前に銀行を辞めたと聞いたとき、彼女はすでに小塚貞一と一しょになる準備をしていたと思うのだ。一年前といえば、小塚の停年が来た頃である。いや、今でもその考えに変りはない。そして、いつでも小塚を受け入れる態勢になっていたところに、彼女は急な病を得て死んだのだ。

ここで問題なのは、その死亡時期と、小塚の家出の時期とのズレである。小塚が彼女の死を知らないで家出をしたとは思えない。現に、彼が家出をする直前にも、「大村」と名乗る女からの連絡の電話があったのである。

「福村さんには、身寄の方はいませんでしたか？」

呼野刑事は、次の質問に移った。

「へえ、あの女《ひと》はずっと独り暮らしでありました。一度も亭主を持ちんさったことはありません」

「両親とか兄弟は無かったんですか？」

「そういう身内は早よう死んじゃったそうなけえのう」

「ほう、それでは葬式の世話などはどうしたのでしょう？」

「そりゃ従妹《いとこ》が一人あって、この人がわざわざ東京から来て、万事の後始末をされましたよ」

「なにっ、東京から？」

呼野刑事が眼を光らせた。

「へえ、東京の従妹さんとは、始終、手紙のやり取りしておられたようじゃけ」

「その従妹さんの名前と住所は分かりませんか？」

「ええ、ちょっと待ってつかあさい。うちに年始状が来たことがあります。今、それを見つけて来るけえのう」

主婦は奥に入った。やがて、古い端書《はがき》を持ち出した。

東京都大田区×××町××番地、福村よし子、とある。刑事は、それをすぐに手帳に書き取ったが、

「もう一度伺いますが、福村さん宛《あて》に東京から金を送ってくるようなことはなかったですか？」

「へえ、それは始終ありました。その従妹さんの名前で、書留がよう来ておりました」

呼野刑事は、その家を飛び出した。

「君、大変なことになったね」

呼野刑事は、所轄署《しょかつしょ》の方へ歩きながら言った。

「どうだというのです?」

北尾刑事にはまだ事情がはっきり呑《の》み込めなかった。

「これから本庁にすぐ電話で連絡して、その福村よし子を手配するんだよ」

「…………」

「小塚氏は、もうこの世に生きていないよ」

七

福村よし子と、その情夫の山崎とが東京で逮捕された。その自供によって、小塚貞一の絞殺死体が長野県の山中で発見された。死後約二カ月を経過していた。

両人の自白によると、次のようなことだった。

福村よし子は、広島の従妹《いとこ》福村慶子から頼まれて、小塚貞一との手紙の連絡などを受け持っていた。小塚と慶子とは、直接には手紙の往復はしなかった。必ず、福村よし子を通じて、彼女の名前の封筒に入れて文通していた。小塚貞一は慶子に月々送金していたが、これも福村よし子の名前になっていた。

小塚と慶子とが休暇を利用して各地で逢《あ》っていたのも、その打ち合わせなどは、すべて福村よし子を通じて行なわれていた。小塚貞一も、自分の名前を福村慶子の下宿している先に知られたくなかったし、慶子の方も、もちろん直接に小塚貞一の所に出すわけにはいかない。慶子から小塚宛に手紙が来ると、よし子は小塚貞一に電話連絡して、彼がよし子の所にその手紙を取りに行くというしくみだった。

小塚貞一は、停年を機会に家を出る決心を早くからしていた。それはよし子も聞かされていた。ところが、慶子は、その小塚貞一の家出の予定日より一カ月早く急病で死亡した。よし子はそれを知ったが、これを小塚貞一に報《し》らせなかった。

それは、独身者の慶子が死亡したあとの、彼女の遺《のこ》した金が目当てだったのだ。慶子自身も月々の給料やボーナスを遺していたし、小塚貞一からも送金があった。慶子の考えでは、その金を資金に、小塚貞一との同棲《どうせい》に踏み切るつもりだった。事実、その含みもあって、小塚からは相当な金が送金されていたのだった。

福村よし子は、慶子の死亡通知の電報を下宿先の主婦からうけとると、広島まで行って、慶子の葬式やその他の後片づけをした。このとき、彼女の銀行預金はよし子によって引き出され、横領された。

尤も、最初は、福村慶子の持っていた金が彼女の死亡によって宙に浮く。当然それは小塚貞一が送金した分もあったのでそれが惜しくなり、よし子はその横取りを考えたのである。

このとき、よし子の情夫の山崎が入れ知恵をした。そのような約束で小塚貞一が家を出るなら、彼も相当な金を持って来るにちがいない。ついでにその金も殺して奪おう、ということになった。よし子が福村慶子の死亡を小塚貞一に報らせなかったのは、そのためである。

福村よし子は細工をした。小塚貞一には、日を決めて長野県の某所で慶子が逢うことをよし子の連絡ということにして通知した。これまでのことがあるので、その言葉を小塚は疑わなかった。彼は予定通り家を出た。

指定された長野県の場所には、福村よし子が小塚を待っていた。ここで、彼女は、慶子がすでに到着していることを小塚に告げ、たくみに騙《だま》して人の居ない山の場所に案内した。そこには、慶子の代わりによし子の情夫の山崎が待っていた。

こうして小塚は殺害され、八十万円の金は、その両人によって強奪された、というのが犯人たちの自供であった。

この事件が終わって、呼野刑事は、若い北尾刑事と呑み屋で盃を挙げた。

「ぼくなんかにはまだよく分かりませんね」

と若い同僚刑事は言った。

「いや、小塚氏の例ですよ。小塚氏には何の不足もなかった。静かな家庭だし、これからやっと楽な仕事をしたりして平和な余生を楽しむという時じゃなかったですか。それが自ら家出して、愛人と別な人生を持つという考え方はどうでしょう？」

「君は独身だから」

と五十近い刑事は言った。

「そんなことを考える。ゴーガンが言ったじゃないか。人間は絶えず子供の犠牲になる、それを繰り返してゆく、とね。それでどこに新しい芸術が出来、どこに創造があるかと彼は言うのだが、芸術の世界は別として、普通の人間にも平凡な永い人生を歩き、或《あ》る駅路に到着したとき、今まで耐え忍んだ人生を、ここらで解放してもらいたい、気儘《きまま》な旅に出直したいということにならないかね。まあ、いちがいには言えないが、家庭というものは、男にとって忍耐のしどおしの場所だからね。小塚氏の気持はぼくなんかにはよく分かるよ」

「呼野さんでもそうですか？」

北尾刑事は愕いた眼をした。

「ぼくも、と言うのかね。幸い、こちらには家出してもあとの家庭が困らないような財産が出来っこないからね。死ぬまで、自分の線路をとぼとぼ歩いてゆくより仕方があるまい。その限りでは、小塚さんは羨《うらや》ましいと思う。ほら、僕が前に言ってただろう。ゴーガンには絵があった。しかし、小塚さんには絵の代わりに好きな女性がいた。ところがだね、君。ぼくはどうだ。何も無い。何も無くても残りの人生を忍耐していくより仕方がない。我慢のしつづけさね」

呼野刑事の寂しい笑いの意味が若い刑事に分からないでもなかったが、まだ実感には密着しなかった。

解説

郷原宏

松本清張は作家生活四十年の間に随筆や日記も含めて約九百八十編の作品を発表し、編著も含めて約七百五十冊の著書を刊行した。これに文学賞の選評、自著のあとがき、他人の本への推薦文などの短文を含めれば、その総数は軽く千編を超える。四百字詰め原稿用紙に換算してざっと十二万枚。単純計算で毎日八・二枚の原稿を書き続けたことになる。

数量だけに限っていえば、もっと多くの作品を書いた作家がいないわけではない。しかし、純文学、推理小説、時代小説、歴史小説、評論、評伝、ノンフィクション、古代史論など多岐にわたって、質量ともにこれほど充実した作品を残した作家はほかにはいない。清張が生前から「巨匠」と呼ばれたゆえんである。

清張の作家としての本領は、いうまでもなく小説にある。『日本の黒い霧』『昭和史発掘』に代表されるノンフィクション、『古代史疑』『清張通史』に代表される古代史論も大きな業績だが、それはあくまで小説家としての仕事の延長線上にあるもので、小説作品を抜きにして清張の偉大さは語れない。

清張の小説の基本は短編にある。清張は生涯に四百二十八編の小説を発表したが、そのうち二百八十一編は短編である。これは全体の約六六パーセントに当たる。しかも清張の作品史のなかで、短編はしばしばその方向を決定する役割を果した。たとえばデビュー作「西郷札」と芥川賞受賞作「或る『小倉日記』伝」は、文字通り清張文学の出発点となった。「火の記憶」と「張込み」は社会派ミステリーへの伏線となり、「黒地の絵」は戦後史ノンフィクションへの導火線となった。そして「陸行水行」は清張古代史への記念すべき第一歩である。もしこれらの短編がなければ、巨匠清張は存在しなかったといっても過言ではない。

清張短編の特長を一言でいえば、事件と登場人物に社会的なリアリティがあり、物語に圧倒的な説得力と臨場感があるということである。「文芸は知らで叶うまじき実人生の地理歴史である」といった菊池寛《かん》にならっていえば、そこには人が生きていく上で知らずにはすまされない人生の要諦《ようてい》が、具体的な事例に則してリアルに、そしてヴィヴィッドに描かれている。

芥川龍之介や永井龍男が短編の名手だという意味では、清張は決して短編の名手ではない。また志賀直哉や川端康成が名文家と呼ばれるような意味では、清張は決して名文家ではない。その文体は鉄筋のように堅牢《けんろう》で、その語り口はコンクリートのように無骨である。にもかかわらず、あるいはむしろそれゆえに、その重厚な心理描写は読者の心をつかんで離さず、その美しい風景描写は読者をしばし立ち止まらせずにはおかない。そしてそこに描き出される人間ドラマは、いつでも例外なく感動的である。こういう優れた短編の書き手を名手と呼ばなければ、名手という言葉はその意義の半ばを失うだろう。名文家という言葉についても、まったく同じことがいえる。

清張が短編の名手であることを立証するために、われわれは面倒な手続きを必要としない。本書『男たちの晩節』に収められた短編のいくつかを拾い読みしてみるだけで十分である。そうすれば、あなたはそこに実人生の指針とすべき人生の地理歴史を見出《みいだ》すだけでなく、その作品を生み出した時代——高度経済成長下の日本の現実をまざまざと思い浮かべることができるだろう。清張の短編はなによりもまず、彼が生きた時代の真実を映し出す「紙の鏡」だからである。

「いきものの殻」は「別冊文藝春秋」の一九五九年十二月号に発表された。退職サラリーマンの寂寥《せきりょう》を描いた心理小説の秀作である。主人公は商事会社の元総務部長。毎年開かれるOB会への出席を楽しみにしている。今回は昔のライバルが重役に昇進することなく退職したのを知って溜飲《りゅういん》を下げたのも束の間、かつては歯牙《しが》にもかけなかった部下が経理部長に出世したのを知って、自分たちの時代が完全に過ぎ去ったことを悟る。意気消沈した彼は、帰途、ライトアップされた本社ビルを見上げながら、その建物が社員の生血を吸って生きつづける「いきもの」であるかのように感じる。この場面は、会社という妖怪に生血を吸われて抜け殻となった男の無念を描いて余すところがない。清張は当時四十九歳。朝日新聞社を依願退職し作家専業に踏み切ってから三年たっていた。

「筆写」は「新潮」の一九六四年三月号に発表された。老人の性をユーモラスな筆致で描いた家庭小説の快作である。主人公は七十二歳の元中学校長。私立大学助教授の息子一家と同居して肩身の狭い思いをしている。息子に頼まれて大逆事件の史料を筆写しているうちに「強姦《ごうかん》」という文字に出会って春機発動し、よく世話をしてくれるお手伝いさんに言い寄ろうとするが、世間体をはばかる嫁に恋路を妨げられてしまう。清張は老人の性の問題によほど関心があったらしく、「老春」「六畳の生涯」でも同じテーマを扱っている。

「遺墨」は「隠花の飾り」（原題「清張短篇新集」）シリーズの第十一作として「小説新潮」の一九七九年三月号に発表された。老哲学者の情事の顚末《てんまつ》をエピソード風に描いた学究物の佳編である。離婚歴のある女性速記者が正確な仕事ぶりを買われて哲学者の専属秘書になり、書斎の整理なども任されるようになった。もともと彼の愛読者だった彼女は、その手伝いができるだけで幸せだったが、やがて二人は夫人の目を盗んで忍び会う仲になる。夫人の留守中に彼が倒れ、駆けつけた彼女は「風籟帖《ふうらいちょう》」という自筆の冊子を形見として手渡される。彼の死後、その冊子が古書市場に出回ったが、目録の中では最も低い値が付けられていた。

「延命の負債」は「小説新潮」の一九七七年九月号に発表された。中小企業経営者を襲った運命の皮肉を描いて人生の悲哀を感じさせる、ある意味では最も清張らしい作品である。主人公は五十二歳。従業員十人ほどの印刷工場を経営している。若いころから心臓の持病があり、医者に手術を勧められている。大手の系列会社から有利な下請け話が持ち込まれた矢先に発作が起こり、救急車で病院に運ばれた。今ここで死ぬわけにはいかない。彼は妻が借り集めた金で最高級の個室に入り、執刀医にも十分な礼金をはずんだ。その結果、手術は成功したが、一年もたたないうちに借金で首が回らなくなって自殺してしまう。いったい何のための負債だったのか。ここにはまさしく「知らで叶うまじき実人生の地理歴史」が描かれている。清張は十九歳から二十八歳まで印刷所で働いていた。「鬼畜」『遠い接近』『連環』など、印刷所を舞台にした作品が多い。

「空白の意匠」は「新潮」の一九五九年四〜五月号に連載された。中央の広告代理店に牛耳られる地方紙広告部長の苦闘を描いたサラリーマン悲話の秀作である。Q紙広告部長の植木は自社の新聞を見て仰天した。和同製薬の新薬の広告の上に、病院でその薬を注射された患者が死亡したという記事が載っていたのだ。Q紙は広告の大半を東京の広告代理店に頼っており、和同製薬は同社の最大のスポンサーである。はたして代理店は以後の出稿停止をほのめかす。植木は急遽《きゅうきょ》上京するが、担当課長が出張中のため埒《らち》があかない。やがて下向してきた課長は、一夜盛大な饗応《きょうおう》を受けたあとで、スポンサーを納得させるだけの「土産」を差し出せと命じ、植木はその日のうちに辞表を書かされる。

「背広服の変死者」は「文學界」の一九五六年七月号に発表された。自殺志願者の特異な心理を描いた純文学である。語り手の「私」は、ある地方紙の広告部校正係。この職種は片隅の存在で出世の見込みがなく、定年までの道程が一直線に見渡せる。その単調さに耐えきれず何人もの同僚が辞めていったが、成功した者は一人もいない。やがて彼は二十年後の定年に漠然たる不安を感じるようになり、その不安から逃れるために競輪、酒、女にのめり込んだ。そんな生活に決着をつけるために、明日自殺しようと思っている。前記「空白の意匠」とこの作品には、朝日新聞西部本社の広告部員だった清張の経験と知見が投影されていると思われる。

「駅路」は「サンデー毎日」の一九六〇年八月七日号に発表された。定年という人生の「駅路」を主題にした失踪《しっそう》ミステリーの名作である。銀行を定年退職した男が旅行に出かけたまま消息を絶った。警察は男の身辺を調べるが、家出や自殺の理由は見あたらない。やがて在職中に定期的に女声の電話があったことが判明、広島支店長時代の部下だった女性の存在が浮かび上がるが、その女性は三ヶ月前に病死していた。こうして謎はさらに深まっていく。

七つの短編に七色の人生の風。境遇と身分と職種を問わず、男たちが晩節を全うするのはなかなか容易なことではない。だが、手許《てもと》に一冊の清張短編集がある限り、われわれの人生の辞書には少なくとも「退屈」の二字はない。

年譜

年	年齢	事項	社会の動き
1909年（明治42）	0歳	12月21日、福岡県企救郡板櫃村（現・北九州市小倉北区）で、峯太郎、タニの長男として生まれる。	10月●伊藤博文ハルビン駅頭で暗殺される
1916年（大正5）	7歳	下関市立菁莪尋常小学校に入学。	1月●吉野作造、民本主義を提唱 9月●河上肇『貧乏物語』を発表
1922年（大正11）	13歳	転校先の天神島尋常小学校を卒業して、小倉市立板櫃尋常高等小学校に入学。夜は、簿記学校に通う。	2月●ワシントン軍縮会議調印
1924年（大正13）	15歳	高等科を卒業、職業紹介所を通じて川北電気株式会社小倉出張所の給仕に採用される。このころから春陽堂文庫などで文芸書に親しみ始める。	岡本綺堂『半七捕物帳』刊
1927年（昭和2）	18歳	不況にともなう人員整理のために失職。歩兵第14連隊兵舎近くで面会に来る家族目当てにパンや餅を売る。	3月●金融恐慌始まる 7月●芥川龍之介自殺

1928年（昭和3）19歳	1929年（昭和4）20歳	1930年（昭和5）21歳	1933年（昭和8）24歳
手に職をつけるため小倉市内の高崎印刷所に石版印刷見習工として就職。さらに別の小さな印刷所に移る。	八幡製鉄所の文学仲間が「戦旗」「文芸戦線」などを購読していた関係で、グループの一員と見なされ、小倉署特高係刑事に連行され、拷問を受ける。証拠品もなく、釈放されるが、留置中に蔵書は父の手で焼かれた。	徴兵検査で第二乙種補充兵となる。	より高度な技術を習得するため、当時九州で最大といわれた福岡市の嶋井オフセット印刷所に半年間見習いとして勤務、生まれて初めて親元を離れる。
6月●満州某重大事件、張作霖爆殺	10月24日●「暗黒の木曜日」、世界恐慌始まる		2月●小林多喜二虐殺 3月●国際連盟脱退

1936年（昭和11）	27歳	11月、ナヲ（通称直子）と見合い結婚。直子が裁縫を習いに通う近所の寺の住職の紹介だった。このころようやく版下画工としての技量が認められる。	2月●二・二六事件 5月●阿部定事件
1937年（昭和12）	28歳	2月、高崎印刷所を退職して自営の版下職人になる。秋、朝日新聞九州支社が門司から小倉に社屋を移転、最新設備による印刷を開始するとの社告を見て、一面識もない支社長原田棟一郎に手紙を出し、広告版下の下請けをもらう。	7月●盧溝橋事件、日中全面戦争へ 12月●南京占領 12月●人民戦線事件
1939年（昭和14）	30歳	支社の広告課が部に昇格したのにともない常勤の嘱託となる。	5月●ノモンハン事件 9月●第2次世界大戦勃発
1940年（昭和15）	31歳	九州支社が西部本社に昇格、同社広告部雇員となる。職場の校正係主任の影響で考古学に興味をおぼえ、休日に九州各地の遺跡めぐりを始める。	9月●日独伊3国同盟調印 10月●大政翼賛会発足

1943年 (昭和18)
34歳

1月、朝日新聞の正社員となる。10月、補充兵訓練のための教育召集で久留米の第56師団歩兵第148連隊に3ヶ月間入隊。学歴や貧富の差別のない軍隊生活に奇妙な充足感をおぼえる。

5月●アッツ島守備隊玉砕

1944年 (昭和19)
35歳

6月、臨時召集を受けて久留米の第86師団歩兵第187連隊に二等兵として入隊後、第78連隊補充隊に転属。直ちに朝鮮に渡る。衛生兵として勤務し、二等兵から一等兵に進級。

6月●学童疎開始まる
7月●サイパン島陥落
10月●レイテ沖海戦

1945年 (昭和20)
36歳

歩兵第292連隊、第429連隊をへて第150師団軍医部付となり、全羅北道井邑に移駐。6月衛生上等兵に進級。8月、井邑で敗戦を迎える。西部本社広告部員として復職。

3月●東京大空襲
8月●広島、長崎に原爆投下
8月15日●日本無条件降伏

1946年 (昭和21)
37歳

会社の休日や食糧買い出し休暇を利用して、佐賀の農村で買い集めたわら箒を都市部の小売店に卸すアルバイトを始めた。やがて見本を持って西日本各地に出張するようになり、その合間に名所旧跡を見て歩いた。

1月●天皇人間宣言
2月●新円切り替え
5月●「米よこせ」メーデー

年	事項	社会の出来事
1948年（昭和23） 39歳	社の仕事のかたわら図案家として活躍、門司鉄道管理局主催の観光ポスターコンクールに入選し、以降常連となる。	1月●帝銀事件 6月●昭電疑獄で芦田内閣崩壊 6月●太宰治入水心中
1949年（昭和24） 40歳	5月、広告部意匠係主任となる。	7月●下山事件 8月●松川事件 11月●湯川秀樹ノーベル物理学賞受賞
1950年（昭和25） 41歳	夏、「週刊朝日」の〈百万人の小説〉懸賞募集に「西郷札」を書いて応募。12月、三等に入選して賞金10万円を獲得。	6月●朝鮮戦争勃発
1953年（昭和28） 44歳	1月、「或る『小倉日記』伝」で第28回芥川賞を受賞。もともとは直木賞候補だったが、途中で芥川賞選考委員会に回付されるという異例の経過をへての受賞だった。	2月●NHKテレビ放送開始
1956年（昭和31） 47歳	5月31日付で朝日新聞社を依願退職し文筆専業となる。	12月●日本国際連合に加盟

年	事項	社会の出来事
1958年（昭和33）49歳	『点と線』『眼の壁』が出版されてベストセラーになり、「社会派推理小説」のブームを引き起こした。	4月●売春防止法施行
1959年（昭和34）50歳	執筆量の限界を試してみようと積極的に仕事を引き受けた結果、この年後半から書痙になる。	
1960年（昭和35）51歳	「文藝春秋」1〜12月号に連載したノンフィクション『日本の黒い霧』は当時の文化・社会状況に強い衝撃を与え、「黒い霧」はこの年の流行語になった。	6月●安保闘争激化 10月●浅沼稲次郎日本社会党委員長刺殺
1961年（昭和36）52歳	5月、国税庁発表の60年度所得額は3842万6639円で作家部門第1位となる。	2月●嶋中事件
1964年（昭和39）55歳	4月12日〜5月3日、初めての海外旅行。コペンハーゲン、アムステルダム、パリ、ロンドン、ジュネーブ、ローマ、カイロ、ベイルートを歴訪。『昭和史発掘』の連載開始。（71年終了）	10月●東海道新幹線開業 10月●東京オリンピック開催

年	年齢	事項	世相
1965年（昭和40）	56歳	4月15日～5月5日、中近東に取材旅行。	12月●日韓条約承認
1966年（昭和41）	57歳	邪馬台国をテーマにした初の古代史論『古代史疑』の連載を開始。	2月●全日空機羽田沖に墜落 6月●ビートルズ来日公演
1967年（昭和42）	58歳	8月、『火の虚舟』に関する山本健吉の《文章の粗とは内容の粗である》云々という批判に対して読売新聞紙上で《的外れの批評である》と反論。 秋、胃潰瘍のために仕事量を減らす。	4月●東京都知事に美濃部亮吉氏 10月●吉田茂国葬
1968年（昭和43）	59歳	1月、キューバ政府主催「世界文化会議」に参加するため前年大晦日に日本を発ち、カストロ首相、ゲバラ夫人とのインタビューを試みたが失敗。この旅行中にベトナム民主共和国対外文化連絡委員会から招待状が届く。2月25日、北ベトナム視察旅行に出発したが、天候不順のため2週間ラオスで足止めになり、ようやく3月19日ハノイに到着	10月●川端康成ノーベル文学賞を受賞 12月●3億円事件発生

年	年齢	事項	社会
		した。4月4日、ファン・バン・ドン首相との単独会見に成功。4月7日帰国。来日中のエドガー・スノウと対談。7月、十二指腸穿孔に腹膜炎を併発し、東京女子医科大学病院に40日間入院。その間に総入れ歯をつくる。10月～11月、オランダ、ベルギー、イギリスへ取材旅行。	
1969年（昭和44）	60歳	光文社カッパ・ノベルスの著者売り上げ部数が、この年1000万部を突破した。	1月●東大、機動隊導入で封鎖解除
1970年（昭和45）	61歳	古代史の謎をめぐって歴史学者としばしば対談した。	3月●大阪万博開幕 3月●「よど号」ハイジャック事件
1972年（昭和47）	63歳	戯曲『日本改造法案』を劇団民藝のために書き下ろし、3～7月各地で公演される（演出村山知義）。10月、若い研究者の発表の場として「季刊現代史」を創刊。11月、ペンクラブ国際会議開催をめぐって日本ペン執行部と対立。	2月●札幌冬季オリンピック開催 5月●沖縄復帰 9月●日中国交回復

1973年（昭和48）64歳	1974年（昭和49）65歳	1975年（昭和50）66歳	1976年（昭和51）67歳
2月、日本ペンクラブを退会。4月14日〜5月5日、取材のためにイラン、トルコ、オランダ、イギリス、アイルランドを歴訪。7月、ハノイ大学学長と対談。11月19日〜12月8日、ベトナム民主共和国の招待によるベトナム古代文化視察団（江上波夫、大林太良、浅見善吉）の団長として北ベトナムを訪問。	12月29日、池田大作創価学会会長と宮本顕治日本共産党委員長の極秘会談を自宅でセットする。	公職選挙法の改正反対声明に中野好夫らと名を連ねる。7月、前年末の池田・宮本会談による「創共協定」の成立が報じられ、各方面に衝撃を与えた。	毎日新聞社の全国読書世論調査で「好きな作家」の第1位に選ばれる。以降77、79年を除き84年まで毎年1位。
2月●円が変動相場制に移行 10月●第一次石油危機	10月●長嶋茂雄現役引退	4月●ベトナム戦争終結	7月●ロッキード事件で田中角栄逮捕

1982年（昭和57）73歳	3月、「国鉄の自由再建を願う7人委員会」（中野好夫・都留重人・大河内一男・沼田稲次郎・木下順二・矢島せい子）結成。	2月●ホテルニュージャパン火災惨事 この年、校内暴力激化
1983年（昭和58）74歳	5〜6月、朝日放送の特別番組「清張、密教に挑む」取材班とともに中国各地を旅行。北京で周揚・中国文学芸術界連合会主席、憑牧・作家協会副主席と会談、日本プロレタリア文学の評価に関して意見が分かれる。10月、再び朝日放送取材班に同行してニューデリー、パトナ、マドラス、コナラク、カルカッタを歴訪。	9月●大韓航空機撃墜事件
1987年（昭和62）78歳	7〜8月、『詩城の旅びと』『赤い氷河』取材のためドイツ、オーストリア、リヒテンシュタイン、スイス、フランスを歴訪。10月、フランスのグルノーブルで開かれた第9回世界推理作家会議に出席して講演。	4月●国鉄解体、JR発足

1989年（昭和64／平成元） 80歳	2月18日〜3月6日、東京女子医科大学病院に入院、前立腺の手術を受ける。4月、朝日新聞西部本社主催のシンポジウム「古代日本の国際化」に司会者として参加。6月、連作『草の径』取材のためアイルランド、オランダ、オーストリア、ドイツを歴訪。8月25日〜9月6日、井上眼科病院に入院、緑内障の手術を受ける。	1月7日●昭和天皇逝去 6月●中国天安門事件 11月●ベルリンの壁崩壊
1990年（平成2） 81歳	6月、イギリス、ドイツに取材旅行。	
1992年（平成4） 82歳	4月20日、脳出血で倒れ、東京女子医科大学病院に入院。手術は成功し、リハビリをしながら療養を続けていたが、7月末に病状が急変、精密検査の結果、肝臓がんと判明。8月4日逝去。10日午後、青山葬儀所で無宗教・献花式の「お別れ会」が開かれ、1100人余が別れを惜しんだ。	6月●PKO法案成立

1998年
（平成10）
死後6年

8月、北九州市小倉北区城内2－3の小倉城址に松本清張記念館完成。

郷原宏著「松本清張事典決定版」より

初出一覧

いきものの殻	「別冊文藝春秋」	1959年・12
筆写	「新潮」	1964年・3
遺墨	「小説新潮」	1979年・3
延命の負債	「小説新潮」	1977年・9
空白の意匠	「新潮」	1959年・4～5
背広服の変死者	「文學界」	1956年・7
駅路	「サンデー毎日」	1960年・8.7

男《おとこ》たちの晩《ばん》節《せつ》

松《まつ》本《もと》清《せい》張《ちょう》

平成19年 1月25日 初版発行
令和7年 3月5日 20版発行

発行者●山下直久

発行●株式会社KADOKAWA
〒102-8177 東京都千代田区富士見2-13-3
電話 0570-002-301（ナビダイヤル）

角川文庫 14547

印刷所●株式会社KADOKAWA
製本所●株式会社KADOKAWA

表紙画●和田三造

●お問い合わせ
https://www.kadokawa.co.jp/（「お問い合わせ」へお進みください）
※内容によっては、お答えできない場合があります。
※サポートは日本国内のみとさせていただきます。
※Japanese text only

ISBN978-4-04-122759-6 C0193

角川文庫発刊に際して

角川源義

第二次世界大戦の敗北は、軍事力の敗北であった以上に、私たちの若い文化力の敗退であった。私たちの文化が戦争に対して如何に無力であり、単なるあだ花に過ぎなかったかを、私たちは身を以て体験し痛感した。西洋近代文化の摂取にとって、明治以後八十年の歳月は決して短かすぎたとは言えない。にもかかわらず、近代文化の伝統を確立し、自由な批判と柔軟な良識に富む文化層として自らを形成することに私たちは失敗して来た。そしてこれは、各層への文化の普及滲透を任務とする出版人の責任でもあった。

一九四五年以来、私たちは再び振出しに戻り、第一歩から踏み出すことを余儀なくされた。これは大きな不幸ではあるが、反面、これまでの混沌・未熟・歪曲の中にあった我が国の文化に秩序と確たる基礎を齎らすためには絶好の機会でもある。角川書店は、このような祖国の文化的危機にあたり、微力をも顧みず再建の礎石たるべき抱負と決意とをもって出発したが、ここに創立以来の念願を果すべく角川文庫を発刊する。これまで刊行されたあらゆる全集叢書文庫類の長所と短所とを検討し、古今東西の不朽の典籍を、良心的編集のもとに、廉価に、そして書架にふさわしい美本として、多くのひとびとに提供しようとする。しかし私たちは徒らに百科全書的な知識のジレッタントを作ることを目的とせず、あくまで祖国の文化に秩序と再建への道を示し、この文庫を角川書店の栄ある事業として、今後永久に継続発展せしめ、学芸と教養との殿堂として大成せんことを期したい。多くの読書子の愛情ある忠言と支持とによって、この希望と抱負とを完遂せしめられんことを願う。

一九四九年五月三日

角川文庫ベストセラー

顔・白い闇　松本清張

有名になる幸運は破滅への道でもあった。役者が抱える過去の秘密を描く「顔」、出張先から戻らぬ夫の思いがけない裏切り話に潜む罠を描く「白い闇」の他、「張込み」「声」「地方紙を買う女」の計5編を収録。

小説帝銀事件　新装版　松本清張

占領下の昭和23年1月26日、豊島区の帝国銀行で発生した毒殺強盗事件。捜査本部は旧軍関係者を疑うが、画家・平沢貞通に自白だけで死刑判決が下る。昭和史の闇に挑んだ清張史観の出発点となった記念碑的名作。

山峡の章　松本清張

昌子は九州旅行で知り合ったエリート官僚の堀沢と結婚したが、平穏で空虚な日々ののちに妹伶子と夫の失踪が起こる。死体で発見された二人は果たして不倫だったのか。若手官僚の死の謎に秘められた国際的陰謀。

水の炎　松本清張

東都相互銀行の若手常務で野心家の夫、塩川弘治との結婚生活に心満たされぬ信子は、独身助教授の浅野を知る。彼女の知的美しさに心惹かれ、愛を告白する浅野。美しい人妻の心の遍歴を描く長編サスペンス。

死の発送　新装版　松本清張

東北本線・五百川駅近くで死体入りトランクが発見された。被害者は東京の三流新聞編集長・山崎。しかし東京・田端駅からトランクを発送したのも山崎自身だった。競馬界を舞台に描く巨匠の本格長編推理小説。

角川文庫ベストセラー

犯罪の回送　松本清張

北海道北浦市の市長春田が東京で、次いで、その政敵早川議員が地元で、それぞれ死体で発見された。地域開発計画を契機に、それぞれの愛憎が北海道・東京間を行き交う。鮮やかなトリックを駆使した長編推理小説。

一九五二年日航機「撃墜」事件　松本清張

昭和27年4月9日、羽田を離陸した日航機「もく星」号は、伊豆大島の三原山に激突し全員の命が奪われた。パイロットと管制官の交信内容、犠牲者の一人で謎の美女の正体とは。世を震撼させた事件の謎に迫る。

聞かなかった場所　松本清張

農林省の係長・浅井が妻の死を知らされたのは、出張先の神戸であった。外出先での心臓麻痺による急死とのことだったが、その場所は、妻から一度も聞いたことのない町だった。一官吏の悲劇を描くサスペンス長編。

潜在光景　松本清張

20年ぶりに再会した泰子に溺れていく私は、その幼い息子に怯えていた。それは私の過去の記憶と関わりがあった。表題作の他、「八十通の遺書」「発作」「鉢植を買う女」「鬼畜」「雀一羽」の計6編を収録する。

三面記事の男と女　松本清張

昭和30年代短編集②。高度成長直前の時代の熱は、地道な庶民の気持ちをも変え、三面記事の紙面を賑わす事件を引き起こす。「たづたづし」「危険な斜面」「記念に」「不在宴会」「密宗律仙教」の計5編。